「스노우, 성격은 좀 그렇지만 얼굴과 몸에는 자신이 있습니다」

「제 가슴만 보는군요. 마음도…… 봐주세요」

하이네
HEINE

갈색 왕가슴 사천왕 간부.
마왕군 사천왕 간부도 겸임
이번에도 6호의 희생양이 된다.

로제는 그렇다 치고, 왜 저것들은 나 말고 다른 남자에게······
이 굴욕은 용납할 수 없다.

「맛있어요! 맛있어요!!」

「잘생겨도 순진한 여자의 마음을 가지고 논 죄는 용서할 수 없어!」

로제

ROSE

복제 능력이 있는 키메라
모케모케를 먹으면
말투가 어떻게 될지 궁금하다.

「쿡……?!」

러셀
RUSSELL

물의 러셀이라 불리는 실력자.
미소년 애호가들이
좋아서 날뛸 듯하게 생겼다.

「오래 기다렸지, 파트너.
이제부턴 나한테 맡겨라」

버스터 대상 ④ 적 인간형 로봇

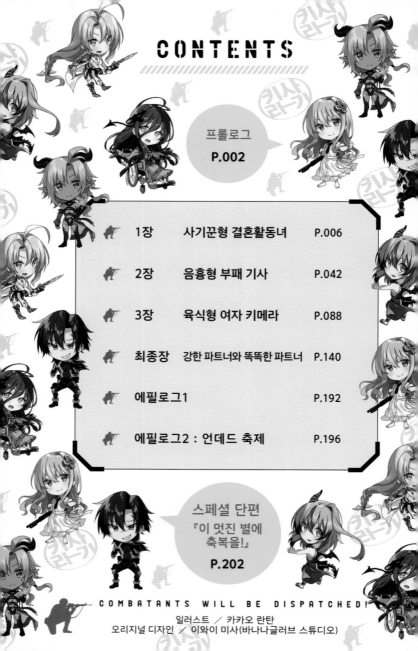

CONTENTS

////////////////////////////

COMBATANTS WILL BE DISPATCHED!

일러스트 / 카카오 란탄
오리지널 디자인 / 이와이 미사(바나나글러브 스튜디오)

전투원, 파견합니다!

아카츠키 나츠메
NATSUME AKATSUKI

ILLUSTRATION 카카오 란탄
KAKAO LANTHANUM

②

파견

전투원, 파견합니다!

합니다!

프롤로그

"아스타로트 님, 뭐가 어떻게 된 거예요?! 들었던 것과 이야기가 너무 다르거든요오오오오오오오오오?!"

『그, 그 점은 사과할게. 미안해, 6호. 맞다. 「이 시끄러운 세계에 축복을」 신간이 나왔으니까 보내줄게! 너, 이 작품 좋아하지? 이번 일을 사과하는 의미로 말이야! 어때?!』

그날, 나는 모니터 속 상대에게 마음껏 따졌다.

화면 너머의 상대는 아스타로트.

악의 조직 비밀결사 키사라기의 최고 간부 중 한 명이다.

"헛소리 마! 내 목숨은 『이시세』 신간 한 권 가치밖에 안 되는 거냐?! 앨리스한테 들었거든?! 전송 성공률이 5할도 안 되는 깡통 기계로 나를 보낸 거냐고! 언젠가 지구로 돌아가면 두고 봐! 나를 보낸 장본인인 릴리스 님은 엉엉 울 때까지 온몸을 주무를 거라고 전해! 아스타로트 님도 미안하다고 생각한다면, 나와 결혼해서 부양해 주세요!!"

『시, 시끄러워. 너야말로 멍청한 소리 말고 똑바로 보고해! 이 보고서는 뭐니?! 아직 지구로 귀환할 수 없다는 게 대체 무슨 소리야?!』

적반하장격으로 발끈한 아스타로트가 그렇게 말하면서 가리킨 것은 내가 최근에 보낸 보고서였다.

"돌아갈 수 없는 이유라면 잘 설명했잖아요. 지부장으로 임명된 이상, 내 귀여운 부하들을 내팽개치고 도망칠 수는……."

『네가 있는 나라는 전쟁 때문에 남자가 적지? 더군다나 거기서 생긴 부하들은 미녀, 미소녀가 많다는 보고를 앨리스가…….』

"그리고! 키사라기의 대표로 이 별에 파견된 엘리트 전투원인 내가, 마왕군처럼 시대에 뒤떨어진 녀석들에게 얕보일 수는 없다고요! 내가 진다는 건, 곧 키사라기가 진 거나 다름없으니까요! 안 그래요?!"

화면 속 아스타로트가 난처한 표정으로 고개를 갸웃거렸다.

『그, 그런가……? 파견할 전투원으로 너를 고른 건, 엘리트라거나 강해서가 아니라 어떤 환경이나 전황에서도 살아남은 그 끈질긴 생명력 때문인데…….』

"마음에 상처 나니까 진짜 이유를 말하지 마세요. 그것보다 지원군이요, 지원군! 마왕군 녀석들은 마법이란 신기한 기술을 쓰는데, 그게 의외로 강렬하다고요. 전투원을 백 명 보내달라고는 안 할 테니까, 하다못해 괴인을 두 명만 더 보내달라고요."

현재 이곳에 온 전투원은 나를 포함해 겨우 열 명.

괴인이라 불리는 강력한 전력은 겨우 한 명밖에 없다.

『그게, 우리도 지원군을 보내주고 싶지만……. 세계 정복을 목전에 둔 현재, 히어로들이 대규모 반공 작전을 펼치고 있어. 지금도 벨리알과 릴리스가 최전선에서 싸우고 있는데, 상황이 좋지 않아. 실은 너도 돌아와 줬으면 하는데…….』

그렇게 말한 아스타로트가 뭔가 기대하듯 나를 힐끔힐끔…….

"나처럼 구식 개조 수술만 받은 고참병이 돌아가봤자 도움이 안 될걸요. 뭐, 여기 일은 맡겨요. 아스타로트 님의 활약을 기대하고 있을게요."

『너, 아까는 자기가 엘리트 전투원이라고…….』

웃기지 마. 우리 조직의 최고 간부인 벨리알과 릴리스가 나섰는데도 밀리고 있는 전장에는 절대로 가고 싶지 않다고.

『뭐, 그렇다면 그쪽 일은 너한테 맡길게. 현재 상황에서는 더 이상의 지원이 어려우니까, 어떻게든 힘 좀 내봐.』

맙소사.

"하다못해 최신 장비를 보내줄 수는 없어요? 인원이 무리라면, 물자 면에서 지원을…….."

『……앨리스와 네 보고를 통해 침략지의 현황은 파악했어. 앞으로는 스파이가 아니라 침략 활동에 중점을 둬.』

아스타로트는 내 말을 흘리고 담담하게 말했다.

"이보셔, 헛소리 마. 키사라기의 전면적인 지원 태세는 어디 간 거냐고! 무시하지 마! 나는 여기서도 네가 울상을 짓게 만들 수 있거든?!"

『이쪽도 힘든 상황이라 어쩔 수 없어. 그리고 단둘이서 이야기하는 상황이라고 말을 너무 막 하는 것 아냐? 울상을 짓게 만들 수 있으면 어디 해 봐.』

아스타로트는 나를 놀리는 듯한 미소를 짓고 코웃음을 쳤다.

"좋아, 정 그렇다면 해 주겠어! 내가 여기서 뭐라고 불리는지 가르쳐 주지. 지퍼맨이라는 어이없는 별명으로 불리고 있거든?! 이거나 보라고, 짜샤!"

『그, 그럼 전투원 6호! 다음 지령은 침략지의 확대이며, 수단은 가리지 말도록! 현지에서의 기반을 안정시켜, 침략의 발판으로 삼는 것이다! 네 활약을 기대…… 내, 내가 잘못했으니까 그걸 집어넣어!』

1장 사기꾼형 결혼활동녀

1

행성간 전송 장치라는 수상한 이름이 붙은 기계로, 말단 전투원
인 내가 이 별에 파견되고 두 달 남짓 흘렀다.

전투원 파견의 목적은 이 행성의 조사와 침략을 위한 발판 마련
이다.

이 별에 존재하는 악의 조직, 호칭 『마왕군』과 교전해서 일시적
정전 협정을 맺은 것이 한 달 전의 일이다.

그리고 일시적인 정전 협정 기한이 끝난 현재는 밤낮으로 마왕
군과 소규모 전투를 벌이고 있지만, 아직 대규모 침공은 받지 않
았다.

그것은 마왕군이 비밀결사 키사라기가 파견해 준 내 동료 전투
원들을 경계하기 때문이리라.

현재 이 나라에 파견된 키사라기의 관계자는 나를 포함해 총 열
명밖에 안 된다.

우선 바로 나, 전투원 6호 님.

그리고…….

"오래간만이구나, 6호여. 오랫동안 이어져 온 우리의 싸움에, 오늘이야말로 마침표를 찍자냐옹."

서양식 검을 한 손에 쥔 호랑이 머리의 거한이, 내 앞에서 허스키한 목소리로 그렇게 말했다.

"바라는 바예요, 타이거맨 씨. 사랑하는 부하의 유품인 이 마검, 뭐시기 재퍼가 있는 한, 나는 지지 않는다고요……."

그렇다. 그는 키사라기에서 파견된 간부 중 한 명인 괴인 타이거맨이다.

"스노우의 그 검이 언제 유품이 된 것이냐옹. 그리고 너만 마검을 쓰는 건 치사하지 않느냐옹."

"타이거맨 씨는 나 같은 전투원보다 강한 괴인이잖아요. 이 정도 핸디캡은 허용해달라고요. 그리고 아까부터 왜 말끝마다 냐옹을 붙이는 거예요? 듣고 있으니 짜증이 나거든요?"

타이거맨은 비밀결사 키사라기의 중견 간부다.

오늘은 말투가 왠지 이상하지만, 괴인 중에서도 믿음직한 베테랑이다.

"말끝에 '냐옹'을 붙이면 이성에게 인기가 좋아진다는 말을 들었지냐옹. 전에 으르렁을 붙였을 때는 인기가 없어서, 냐옹으로 바꿔봤다냐옹."

"말투만 바꾼다고 인기가 생겨요? 나도 해도 돼요?"

이국의 땅에서 재회한 우리는 서로의 실력이 얼마나 향상됐는지 확인하기 위해, 그레이스 왕국의 훈련장에서 이렇게 대치했다.

"내가 상표등록을 한 것도 아니니 좋을 대로 해라냐옹. 그럼……. 간다, 6호. 얼마나 강해졌는지 확인해 주마냐옹!"

"바라는 바예요, 타이거맨냐옹! 우리 전투원이 언제까지고 괴인보다 약할 거라고 생각하지 말라고요냐옹! 우랴아아아아아앗!"

고함을 지르며 검을 치켜들던 우리는 그대로 격돌하면서 서로를 스쳐 지나갔다……!

격한 금속음과 함께 뭔가가 허공을 날았다.

"어이쿠. 타이거맨 씨, 어쩌죠? 스노우에게 말도 없이 빌려온 마검이 부러져 버렸는데요."

"나, 나는 몰라. 그런 걸 가져오니까냐옹. 기왕 서양풍 판타지 세계에 왔으니 기사 놀이를 하자고 말한 네 탓이지."

허공에 날아간 것은 두 동강이 난 스노우의 애검.

뚝 부러진 검날이 땅에 꽂히는 광경을 본 나와 타이거맨은 서로를 얼굴을 본 후…….

이윽고 아까부터 훈련장 구석에서 우리의 승부를 지켜보던 파트너에게 도움을 청했다.

"어이, 앨리스! 고성능인 너라면 해결 방법 정도는 알겠지?!"

"도와줘, 앨리스냐옹! 좋은 생각 없냐옹?!"

지면에 앉아서 무릎을 꼭 끌어안은 채 우리를 흥미롭다는 듯이 관찰하고 있는 건, 키사라기가 자랑하는 미소녀형 고성능 안드로이드, 키사라기 앨리스.

"어쩔 수 없네. 앨리스냐옹이 바보 같은 너희에게 지혜를 빌려주겠어. 금속용 본드를 써서 일부러 잘 부러지도록 붙인 다음, 아무 일도 없었던 것처럼 돌려줘. 그러면 다음 전투 때 부러질 테니, '고물을 팔았나 보군. 우리가 상인을 혼내주겠어.' 라고 말하며 위로해 주는 거지."

""바로 그거야.""

평소 고성능임을 자칭하는 앨리스의 말을 듣고, 나와 타이거맨이 한목소리로 외쳤다.

우리는 부러진 마검을 고치기 위해, 각자 검의 자루와 칼날을 들고 붙이려고 했는데…….

"――어디 있냐, 6호오오오오오! 오늘은 절대로 용서 못 한다! 빨리 튀어나와라! 목을 졸라 버리겠어!"

훈련장 입구에서 귀에 익은 목소리가 들려왔다.

내가 후다닥 부러진 검을 등 뒤로 숨기자, 다른 부분을 가지고 있던 타이거맨이 그것을 경이적인 악력으로 뭉개고 그대로 먼 곳에 던져버렸다.

이 사람, 큰일 저질렀네. 이제는 수리도 못 하잖아.

나타난 자는 이 나라의 근위기사단 대장, 스노우다.

입만 다물고 있으면 미인이지만, 은발을 흩날리며 눈에 핏발이 선 지금은 끔찍하다.

"내 애검은 어디 있냐! 5년 대출을 받고 산 내 애검, 플레임 재퍼를 내놔라!"

내게 따지는 스노우에게, 나는 냉정하게 부정했다.

"그 마검은 여행을 떠났어. 갑자기 자아에 눈떴지 뭐야. 지금의 너는 능력이 딸리니까 진정한 주인을 찾으러 간대."

"헛소리 마라! 마검이 멋대로 돌아다닐 것 같냐! 게다가 매일 연마하고, 손질도 자주 해 줬단 말이다. 만에 하나 자아에 눈뜨더라도 나를 주인으로 인정하지 않을 리가……. 잠깐만. 네놈, 뒤에 뭘 숨기고 있는 거지?"

성큼성큼 나에게 다가온 스노우는 그대로 움직임을 멈췄다.

나는 마검을 내밀며 말했다.

"실은 여행을 떠났던 마검이 방금 돌아왔어. 마왕과 격렬한 사투를 벌인 끝에 아깝게 졌나 봐. 마지막에는 네 이름을 중얼거리고, 만족한 듯이 평범한 검으로 돌아왔어."

"아아아아아아아아아아아아!"

그것을 본 스노우가 무너지듯 무릎을 꿇었다.

슬며시 칼자루를 쥐여 주자, 스노우는 그것을 보며 눈물을 줄줄 흘렸다.

"어이, 6호. 차마 두고 볼 수가 없구나냐옹."

"타이거맨 씨한테도 잘못이 있으니까, 어떻게 좀 해 보세요. 당신이 날 부분을 으깨버렸으니, 수리도 할 수 없다고요."

타이거맨은 "어쩔 수 없지냐옹." 하고 중얼거리고, 조그마한 메모지에 뭔가를 쓰고 나서 팔에 찬 단말을 조작했다.

나와 앨리스도 지닌 그것은 지구의 키사라기 본부에 메모를 보내기 위한 전송 장치다.

악의 조직 소속 전투원인 우리는 악행 포인트란 것과 교환해서,

이 전송 장치를 이용해 장비를 받는 것이다.

이윽고 타이거맨의 눈앞에 한 자루의 검이 나타났다.

아, 저건…….

"플레임 재퍼……. 자기 전에 항상 손질을 했던 플레임 재퍼……. 구매한 날에 너무 기뻐서 아침까지 한숨도 못 잤던 플레임 재퍼……. 추운 겨울에는 매일같이 꼭 안고 잤던 플레임……?"

울면서 혼잣말을 중얼거리던 스노우가 퍼뜩 고개를 들었다.

그 시선은 타이거맨이 검정 칼집에서 뽑은 칼을 향하고 있었다.

"윽……! 어, 엄청난 명검……! 타, 타이거맨 공, 그 어마어마하게 아름다운 검은, 대체 어디서……?!"

타이거맨이 전송받은 건 일본도였다.

명검 마니아인 스노우는 한눈에 그 가치를 알아본 건지, 일본도에 매료된 것처럼 눈을 떼지 못했다.

타이거맨은 칼을 칼집에 넣더니, 아아…… 하고 아쉬움이 어린 한숨을 내쉬는 스노우를 향해…….

"애검을 대신해 이걸 주지냐옹."

"타이거맨 니이이이이이이이이이임!"

일본도를 꼭 끌어안은 스노우가 아까와 다른 의미의 눈물을 흘렸다.

퍼뜩 뭔가를 눈치챈 스노우는 눈가에 눈물이 맺힌 채 타이거맨에게 다가갔다.

"타이거맨 님……. 이런 명검을 아무렇지 않게 주는 걸 보면, 혹시 명검을 더 가지고 계신 겁니까?"

"나도 남자거든. 무기를 싫어하지는 않아서 이것저것……. 어, 어이, 떨어져라냐옹! 내 배의 모피를 쓰다듬지 마라냐옹!"

이 녀석은 진짜 알기 쉬운 여자야.

칼을 더 가지고 있는 듯한 뉘앙스로 말하는 타이거맨에게, 스노우가 알랑거리는 웃음을 띠고 다가갔다.

"헤, 헤헤헤……. 실은 처음 만났을 때부터, 타이거맨 님이 범상치 않은 분이라고 생각했습니다. 이 스노우, 사람 보는 눈은 있거든요!"

"너, 처음에 나를 봤을 때는 마물 취급하면서 베려고 했잖아냐옹. 기분 나쁘니까 타이거맨 님이라고 부르지 마냐옹."

이성에게 인기를 얻으려고 괴상한 말투로 바꿨으면서도, 어째서인지 질색하는 타이거맨.

"잘됐네요, 타이거맨 씨. 벌써 인기가 폭발하잖아요."

"나는 작은 애를 좋아하니까, 다 큰 녀석은 취향 밖이다냐옹."

역시 간부까지 올라온 괴인. 타이거맨 씨는 장난 아닌걸.

──바로 그때, 성안에서 종소리가 크게 울려 퍼졌다.

타이거맨의 발언을 듣고 질린 표정을 짓고 있던 스노우는 종소리를 듣자마자 표정을 굳혔다.

"적이 쳐들어왔나! 어이, 6호! 출격하자! 공을 세울 기회다! 헤헤, 헤헤헤헤……. 타이거맨 공에게 받은 이 검이 얼마나 잘 드는지 시험해 보실까……!"

칼집에서 뽑힌 일본도의 날을 황홀한 표정으로 바라보며, 스노우는 살벌한 소리를 지껄였다.

2

머나먼 별 하늘 아래에서, 화약이 터지는 소리가 들렸다.

내 어설트 라이플이 불을 뿜을 때마다, 주위 마물들이 쓰러졌다.

"이 조무래기들아! 비밀결사 키사라기 사원, 전투원 6호 님이시다! 저승길 선물 삼아 내 이름을 기억해 두라고!"

"대장님! 항상 생각하는 거지만, 그 대사 좀 안 하면 안 될까요?! 저희가 악당 같아요!"

적들을 짓밟으며 웃음을 터뜨리는 내게, 인조 키메라 로제가 다가오는 마물을 걷어차면서 당황한 투로 말했다.

"바보 자식아, 전쟁에 악당이고 뭐고 있겠어! 이기면 정의라고! 정의는 반드시 승리한다는 말이 있지?! 즉, 이긴 쪽이 정의란 말이야! 내가 평소에 악행을 얼마나 저지르든, 이기기만 하면 정의의 사도라고!"

"저는 바보 맞지만, 그게 틀린 말이라는 건 알거든요?!"

괴인 타이거맨이 이끄는 나 이외의 전투원들은 다른 방면에서 침공해 온 마왕군을 맞아 싸우러 갔다.

내가 이끄는 소대는 적 중에서도 정예로 보이는 중대 하나를 맡고 있다.

사실 겨우 다섯 명으로 구성된 소대로 상대하는 건 무모하다 해도 과언이 아니지만, 그중에는 키사라기 최고참 엘리트 전투원으로 내 마음속에서 이름을 날리고 있는 6호 님이 있는 것이다.

현대 과학을 이용하는 나와 앨리스는 총화기가 없는 마왕군을 무기의 힘으로 압도하고 있다.

총을 난사하며 웃어대는 나를 본 로제가 질려버렸을 때, 스노우가 만족스러운 표정을 지으며 다가왔다.

"어이, 6호! 적이 많으니, 그 묘한 무기로 쓸어버려라! 나는 이 칼을 충분히 써먹었으니 만족했다! 나중에 이 칼이 얼마나 잘 드는지 이야기해 주지! 그야말로 싹둑싹둑……."

"그딴 그로테스크 해설은 듣기 싫거든?! 기다려 봐. 마왕군을 쓸어버려 주지. 히야하하하하하하, 다음으로 죽고 싶은 녀석은 누구냐? 자아, 빨리 튀어나……."

철컥 소리를 내면서 어설트 라이플의 연사가 중단됐다.

"어라. 앗, 탄이 걸렸잖아! 잠깐 스톱……!"

탄이 걸린 라이플을 두들기는 나를 본 스노우가 얼굴을 실룩거렸다.

"어, 어이, 6호! 포위당했다! 빠, 빨리해라! 서둘러!"

"바보야, 보채지 말라고! 방해되니까, 내 손을 흔들지 마! 그림은?! 이럴 때야말로 그림이 나서야 하잖아!"

제나리스인가 하는 사신(邪神)을 섬기는 대주교, 그림.

사신 숭배자답게 야행성이라 낮에는 잘 일하지 않지만, 이렇게 대량의 적을 상대할 때는 도움이 된다.

"적의 발을 묶는 거라면, 그 녀석이……."

총알을 빼고 뒤돌아보니, 그림은 휠체어에 앉아 침을 질질 흘리며 자고 있었다.

"전투가 시작되자마자 잠들었어요."

"퍼질러 자는 이 짐짝을 버리고 와!"

로제에게 고함을 친 나에게, 도마뱀 형태의 마물이 달려들었다.

하지만 그 녀석은 몸을 날리자마자 옆에서 날아온 산탄을 맞아 힘없이 비명을 흘리고 쓰러졌다.

"고마워, 앨리스! 너는 가끔 유능한 아이야!"

"고성능 미소녀 앨리스냐옹이거든. 그것보다 앞을 봐라. 적이 또 온다."

앨리스의 말을 기다린 것처럼, 마물 무리가 닥쳐들었다.

나는 전투가 시작되기 전에 준비한 메모를 키사라기 본부에 전송한 후, 어설트 라이플을 갈겨댔다.

마물들이 움츠러든 틈에, 나는 본부에서 온 물건을 투척했다.

"간 떨어지게 하긴. 이 조무래기들아! 과학의 힘을 보아라!"

마물 무리 한복판에 떨어진 고성능 폭탄은 우리가 엎드리는 것과 동시에, 마물 무리를 휩쓸었다——!

3

시내로 돌아온 우리를 사람들이 환성으로 맞이했다.

"잘했어, 검댕이!"

"검댕이, 최고! 정말 멋져!"

"스노우 대장님, 어서 오십시오!"

"지퍼맨! 지퍼 좀 내려봐~!"

검댕이는 키사라기에서 만든 검은색 전투복을 입은 멋진 나를 가리키는 말이다.

연전연승을 거둔 덕분에, 요즘 들어 우리는 이렇게 환호를…….

"이 빌어먹을 꼬맹이이이이이이이잇! 오늘은 절대로 용서 못 해! 엉덩이에 콜라와 멘토스를 집어넣어주마!!"

"우와아아아아아아~! 이 지퍼맨, 다 컸으면서 하나도 어른스럽지 않아! 누가! 누가 좀 도와줘~!"

나를 지퍼맨이라 부른 꼬맹이를 쫓고 있을 때, 마중을 나온 병사가 허둥지둥 나를 말렸다.

"전투원 6호 님, 송구합니다만 티리스 님께서 찾으십니다. 전투의 피로를 푼 후, 성으로 와달라고 하셨습니다. 저 아이는 제가 꾸짖을 테니, 오늘은 이만…… 6호 님. 6, 6호 님! 어린애한테 그런 짓을 하시면 안 됩니다!"

——이 행성에 온 후로, 어느새 단골이 된 허름한 술집.

"그럼 오늘의 눈부신 승리를 축하하며, 건배!"

"""건배!"""

오늘 전투를 마친 우리는 막 받은 급료로 곧장 한잔하러 왔다.

"크으으으으으! 일이 끝나고 마시는 술은 진짜 끝내주네! 어이, 오늘은 내가 살 테니까 마음껏 마시라고!"

"어이, 6호. 남한테 술을 쏘기 전에, 나한테 빌린 돈부터 갚아라."

음식물을 섭취하지 못하는 주제에 신기하게도 술집에 따라온 앨리스가 그런 딴죽을 날렸다.

  "대장님, 고마워요! 저, 밥 사줄 때만은 대장님이 참 좋아요! 존경도 해요!"

  "맞아. 이런 호탕한 면은 싫지 않다니깐! 하지만 돈 씀씀이가 헤픈 건 반려자로서 감점 대상이긴 해!"

  "하하, 너무 칭찬하지 마. 돈 생기면 또 사 줄 테니까!"

  "너, 너는 저들의 말이 칭찬처럼 들리는 것이냐……."

  술을 홀짝이는 스노우가 어이없다는 투로 중얼거리는 가운데.

  "그건 그렇고, 식사를 못 하는 앨리스가 이렇게 같이 온 건 참 신기하네. 릴리스 님이 식사 기능이라도 달아 준 거야?"

  "넌 스노우에게 스파이 행위를 들킨 뒤로 우리 정체를 숨기지 않는구나. 뭐, 너는 바보니까 들통이 날 게 뻔하니 말리지는 않겠다만……."

  현재 우리는 이 나라에서 꽤 묘한 입장이다.

  외부 용병으로서 이 나라의 소대를 맡은 대장이자, 비밀결사 키사라기와의 접점 역할도 맡고 있다.

  게다가 내 부대에는 근위기사단의 대장으로 복귀한 스노우도 속해 있다.

  본인 말로는 우리를 감시하기 위해 배속됐다고 으스댔지만, 내가 보기에는 그냥 성가신 녀석이라 쫓겨난 것 같았다.

  나와 앨리스가 다른 행성에서 왔다는 건, 이 녀석들에게 이미 이야기했다.

처음 설명했을 때는 바보를 보듯 쳐다봤지만, 지금은 그냥 우리를 이세계에서 온 마법사로 여기는 것 같았다.

"가게에는 행성 조사의 일환으로 온 거다. 현지인이 아무렇지 않게 섭취하는 음식도, 지구인에게는 독극물일 가능성도 있으니까. 넌 눈앞의 요리에 어떤 고기가 쓰였는지 알기나 하느냐?"

앨리스가 그렇게 말하자, 나는 접시를 뚫어지게 본 후…….

"아저씨! 내가 항상 주문하는, 오늘의 고기 요리는 대체 뭐로 만든 거야?"

"뭐야, 그것도 모르면서 먹은 거냐? 오늘 그 요리에 쓰인 건 오크야. 마왕군과 소규모 전투가 많아서 오크 고기가 싸거든."

가게 주인의 말을 듣고, 나는 접시를 쑥 치웠다.

"대장님, 왜 그래요? 안 먹을 거면 제가 먹을게요."

"너, 메뚜기는 먹기 싫은 눈치였으면서, 오크는 괜찮은 거구나. 오크는 그거지? 우리가 맨날 싸우는, 사람 말을 하는 이족보행 돼지 맞지?"

서바이벌을 하면서 어지간한 건 다 먹어 봤지만, 아무래도 말하는 지적 생명체를 먹는 건 거부감이 든다.

앨리스가 흥미롭다는 듯이 접시의 내용물을 쿡쿡 찔러 조사하는 가운데, 스노우가 코웃음을 쳤다.

"평소에는 그렇게 대범한 척하면서, 먹을 땐 소심하군. 이 나라는 황야가 많고 물이 부족해 채소가 귀하지. 하지만 고기라면 제 발로 사방에 널렸거든. 이 나라에서 편식하다간 살기 어려울 거다. 자아, 스포폿치와 포이즌 스포일러를 덜어 주마."

"야, 이상한 걸 먹이려고 하지 마! 두 번째 녀석은 이름도 위험하거든?!"

스노우가 주는 접시를 밀어내고 있을 때, 앨리스가 불쑥 입을 열었다.

"어이, 너희는 내일 쉬는 날이지? 보수를 줄 테니, 한가하면 나를 도와주지 않겠나?"

"나는 괜찮지만, 이 6호 님의 몸값은 싸지 않은데?"

"이건 원래 너도 해야 할 일인데 말이야."

황당하다는 듯 말하는 앨리스에게, 로제가 미안한 듯이 말했다.

"죄송해요. 내일은 중요한 볼일이 있으니까 시간을 비워 두라고 그림이 말했거든요……."

"응. 내일은 한 달에 한 번 있는 제나리스 집회가 열리는 날이야. 괜찮으면 너희도 같이 안 갈래? 집회라고는 해도, 참가자는 나와 로제뿐이거든."

"뭐? 조금 구경하고 싶은데."

내가 약간 흥미를 보이자, 로제는 그 말을 처음 듣는다는 듯이 고개를 들었다.

"나는 처음 알았는데?! 엄청 즐겁고, 좋은 이야기를 들을 수 있는 다과회 같은 거라고 들었는데!"

"제나리스 님의 말씀은 무척 즐겁고 좋아! 차도 내줄 테니까, 잔말 말고 따라와! 이미 대가로 밥을 사 줬으니까, 이제 와서 취소할 순 없거든?! 그리고 너는 얼마 안 되는 제나리스 신도잖아."

"입교한 적 없거든?! 대장님도 이상한 조직의 배지를 달려고 하고, 다들 나를 이상한 일에 끌어들이려고 하지 마!"

시끌시끌 소란을 떠는 로제를 무시하고, 스노우가 환한 표정을 지으며 말했다.

"보수는 얼마지? 내 애검의 대출금 상환을 위해 꼭 하겠다! 그런데 어떤 일을 하면 되는 거냐?!"

스노우가 얼굴을 쑥 내밀자, 앨리스는 성가시다는 듯이 그 얼굴을 밀어내고.

"업무 내용은 이것의 조사다."

그렇게 말하며 스노우의 앞에 놓인 접시를 가리켰다.

4

이 행성의 자연환경은 매우 혹독하다.

대륙 대부분은 검붉은 황무지로 뒤덮여 있으며, 녹음이 우거진 숲에는 위험한 생태계가 형성되어 있다고 한다.

나와 스노우는 그런 위험한 숲에서…….

(봐라, 6호! 저건 모케모케다! 삶아 먹으면 맛있지! 저기 난입해서 잡아 보지 않겠느냐?!)

(모케모케는 무슨, 지금 장난하냐! 이름은 귀여운데 너무 흉악하잖아! 들켰다간 우리가 잡아먹힐 거라고!)

나무가 우거진 숲속. 수풀에 몸을 숨긴 우리는 흉악한 거대 생물을 관찰하고 있었다.

간단히 표현하자면, 덩치가 창고만 한 거대 가재.

그 가재는 자신과 비슷한 사이즈의 거대 뱀을 커다란 집게발로 붙잡고 있었다.

(모케모케의 고기는 삶으면 매우 부드러워지고, 누린내도 나지 않아서 맛있게 먹을 수 있지. 이름은 모케모케 소리를 내는 데서 유래…….)

(해설은 됐어. 괜한 불똥 튀지 않게 숨어 있어!)

그런 숲속 괴수 대결전을 디지털카메라로 촬영하고 있던 앨리스가 질문했다.

(그건 그렇고, 이 별의 생물은 물리법칙을 무시하고 있군. 갑각류가 저렇게 성장하는 일은 있을 수 없는데. 그나저나 어느 쪽이 모케모케지?)

(집게발이 달린 게 모케모케, 잡아먹히려고 하는 게 스포폿치다. 양쪽 다 맛이 끝내주지.)

(태평하게 떠들지 말고, 들키지 않을 때 후다닥 튀자고!)

나는 울상을 지으며, 느긋해 보이는 두 사람에게 애원했다.

(어? 저기 좀 봐라, 6호. 스포폿치가 반격을 시작했다. 이 별의 뱀은 사냥감을 몸으로 조르는 게 아니라, 꼬리로 때려서 공격하나 보군. 흥미로운걸.)

(저건 스포폿치가 드물게 보이는 필살기다. 저걸 보다니, 우리는 운이 좋구나.)

(너희는 좀, 그 멍청한 단어를 그만 연발해! 앨리스, 여기는 이제 됐지?! 다른 곳으로 가자!)

이 별의 생태계 조사.

그것은 키사라기에서 하달한 임무지만, 솔직히 말해 그만 돌아가고 싶다.

울상을 지으며 이동을 시작한 우리 뒤에서, 승리를 뽐내듯 모케모케 소리가 들려왔다――.

"――스노우, 저 나무에 매달려 있는 스포풋치는 뭐지? 이 근처의 생물이 말리고 있는 건가?"

"앨리스가 지적한 그건 딱딱이 부족이 영역을 주장할 때 하는 행위군."

"돌아가자! 여긴 위험해! 너희는 위기 감지 센서가 없냐?! 까치가 나무에 먹이를 꽂아 두는 것과 똑같잖아!"

모케모케가 있던 곳을 벗어난 우리는 머리가 깨진 스포풋치가 나무에 걸린 충격적인 장면을 목격하고 말았다.

"딱딱이 부족은 매우 호전적이고 영역 의식이 강해서, 이 위험한 숲속에서 아무렇지 않게 살 만큼 강력한 야만족이다. 이름의 유래는, 사냥감을 발견하면 둔기로 머리를 딱 쪼개려고 해서……."

"해설하지 않아도 돼! 아까부터 이상한 시선이 느껴지거든? 영역 의식이 강하면 빨리 이곳을 벗어나자! 그리고 너도 평소에는 앞장서서 도망치려고 하면서, 오늘은 대체 왜 이러는 거야?!"

나는 스노우의 등을 밀면서 이 자리를 벗어나려 했다.

"나를 얕보지 마라, 6호. 평소 돈을 조금 받을 때라면 몰라도, 앨리스가 약속한 거액의 보수를 위해서라면 완벽하게 안내해 주겠다. 나는 돈이 걸린 약속은 성실하게 지키거든."

이 여자, 나머지는 전부 불성실하다는 걸 인정하는 거냐.

……바로 그때.

딱딱한 물건으로 나무줄기를 두드리는 듯한, 탁탁 소리가 울려 퍼졌다.

그 소리는 가까운 곳에서 들려왔다.

정확하게는, 아까부터 들러붙는 듯한 시선이 느껴지는 방향에서……!

"규칙적인 소리를 내서, 동료에서 신호를 보내는군."

"앨리스는 대단한걸. 이건 딱딱이 부족이 사냥감을 발견했을 때, 동료를 부르는 소리……."

두 사람이 끝까지 말하기 전에, 나는 그 자리에서 도망쳤다——!

대체 얼마나 뛰었을까.

뭐시기 부족을 따돌린 것 같지만, 정신을 차리고 보니…….

"그 녀석들, 미아가 된 거냐……!"

뒤에서 따라오는 줄 알았는데, 두 사람이 보이지 않았다.

그나저나 방향을 전혀 모르겠는데, 이걸 어쩐다.

손목시계에 내장된 나침반 기능도 행성이 달라서 그런지 도움이 되지 않았다.

"하아, 진짜 쓸모없네! 그것들은 대체 어딜 싸돌아다니는 거야?! 비상사태가 생겼는데도 여유를 부려대고 말이야. 찾으면 잔

소리를 좀 해야겠어!"

홧김에 푸념을 늘어놓지만, 당연히 아무도 대꾸하지 않는다.

어둑어둑한 숲속. 때때로 들리는 짐승들의 괴성 때문에 서서히 불안해진다.

"뭐, 걔네를 두고 도망친 나도 조금은 잘못이 있으니까 잔소리는 빼 주자. 그러니까 근처에 있다면 슬슬 나와. 이제 화 다 풀렸거든? 그리고 아까 같은 상황에서 몸이 굳을 수도 있지. 잽싸게 튄 내가 우수한 거니까, 딱히 화낼 일도 아니야. 응."

큰 소리로 중얼거렸는데도 주위는 쌩하다. 여전히 짐승들의 괴성만 들린다.

앨리스와 연락을 취하고 싶지만, 전파탑이 없는 이 별에서 휴대전화를 꺼내도 의미는 없다.

그 이전에, 그 녀석은 휴대전화가 있던가.

무전기를 요청해도, 받을 사람도 무전기가 있어야…….

"아, 맞다!"

지금 상황을 쓴 메모를 키사라기 본부에 보내서, 앨리스에게 나를 데리러 오게 하는 것이다.

그 녀석은 똑똑하니까, 내 위치 정보를 알면 여기까지 올 수 있으리라.

안심한 나는 한숨 돌리면서 메모지를 보내려고 했는데——.

"모케모케모케."

등 뒤에서, 특이한 울음소리가 들렸다.

조심조심 뒤돌아보니, 어느새 그곳에는 집게발 하나를 잃은 모케모케가……!

나는 상대방을 위협하듯 팔을 쩍 벌리고 괴성을 질렀다!

"모케모케모케모케!!"

"모?!"

난데없는 내 기행을 보고, 모케모케가 놀라서 뒷걸음질을 쳤다.

모케모케가 입에 거품을 물고 내 눈치를 살핀다. 나도 모케모케 소리를 내면서 얕보이지 않게 접근을……!

바로 그때였다.

"모케케……."

마치 적의가 없다는 듯이 작게 울고, 그 녀석은 집게발을 내렸다.

죽음을 각오한 내 소리를 듣고, 동족으로 인정해 준 걸까?

그러고 보니 이 별에 오고, 아는 게 거의 없다.

흉악하게 생긴 이 녀석도 사실은 착한 생물일지 모른다.

악의 조직 구성원치고는 한심한 생각이지만, 어두운 숲에서 만난 친구다.

내게 슬며시 집게발을 내미는 모케모케를 보고, 나는 훗 하고 웃음을 흘리며…….

악수하려고 했을 때, 모케모케의 머리가 별안간 둘로 쪼개졌다.

"이거나 받아라아아아아아아앗!"

스노우의 외침과 함께, 내 친구는 식량이 됐다.

대삼림의 생태계 조사를 마치고 귀환했을 때.

시내로 들어선 우리는 피곤해 보이는 로제, 그림과 마주쳤다.

"아, 대장님, 어서 오세요! 숲 조사는 어땠나요? 그리고 제 말 좀 들어보세요! 그림이 수상한 의식으로 깜빡 언데드를 불러내서 정말 난리우읍?!"

"대장, 어서 와! 기운이 없어 보이는데, 무슨 일 있었어? 그리고 로제? 맛있는 꼬치구이를 왕창 사 왔어! 그러니까 괜한 소리 좀 하지 마!"

그림은 뭔가 신경 쓰이는 말을 늘어놓던 로제의 입에 꼬치구이를 찔러넣었다.

"대삼림에서 6호가 모케모케에게 공격을 당하려던 순간에 구해줬는데, 그 후로 좀 이상하다. 혼자 일행에서 떨어지는 바람에 여러모로 충격을 받은 걸지도 모르지."

"다짜고짜 내 친구를 죽여놓고 뭐라고 지껄이는 거야?! 게다가 내 눈앞에서 간장 뿌려서 먹어 치워?! 야 이 냉혈녀야!"

그 모케모케는 내가 습격을 당했다고 착각한 이 여자의 손에 죽은 후에 간식거리가 됐다.

"너, 넌 대체 뭐냐. 생명의 은인한테 고맙다는 말도 못 하는 거냐?! 애초에 갓 잡은 모케모케를 그 자리에서 먹는 게 뭐가 잘못이지? 그 덩치를 전부 가져올 순 없지 않느냐! 그리고 맛있으니까 눈물까지 흘리고 먹었으면서!"

"먹었지! 그야 나도 먹긴 했다고오오오오!"

내가 그 녀석을 먹은 건, 어디까지나 공양을 위해서다.

사냥당했다면 어쩔 수 없다고, 그 생명이 헛되지 않도록, 내 피와 살과 양분으로 삼고자 울면서 먹은 것이다.

"그것보다, 로제가 아까 그냥 흘릴 수 없는 말을 했지! 그림, 너는 또 언데드를 불러낸 것이냐?!"

"그게 어쨌는데? 나는 불사와 재앙을 관장하는 제나리스 님의 신도야! 교주가 종복을 늘리는 게 뭐 잘못, 아야야야야, 아파!"

그림이 뻔뻔한 소리로 오히려 성을 내자, 스노우가 그 머리를 잡고 조였다.

한편, 그림의 말을 들은 앨리스가 움찔했다.

"방금 언데드라고 했지? 그건 속된 말로 고스트나 좀비라 불리는 것들이냐?"

무엇에도 흥미를 보이는 안드로이드의 말을 들은 그림이 슬쩍 미소를 지었다.

"어머, 앨리스는 제나리스 님께 흥미가 있는 거야? 맞아. 아까 내가 불러낸 건 고스트야. 원래 내가 제나리스 님에게 끌린 것도, 영원한 젊음을 준 그 망할 녀석에게 복수할 수 있는, 멋진 가르침 때문이야. 어때? 너도 시험 삼아 입교하지 않을래?"

"나는 무교니까 노땡큐다. 어이, 6호. 오컬트의 정석인 고스트가 나왔다. 과학의 결정체인 나에게 대놓고 시비를 거는 존재가 나타나 버렸군. 고스트는 무슨. 과학의 힘으로 버스터해 주마."

자기도 오컬트 비슷한 안드로이드면서, 앨리스가 그런 소리를 늘어놓았다.

"고스트의 뭐가 싫은지 모르겠지만, 평소보다 엄청 공격적이네. 이 별에 마법이 있는 시점에서 오컬트고 뭐고 없는데. 너도 하이네의 불 마법을 봤잖아?"

"마법은 그나마 괜찮아. 아니, 괜찮지는 않지만. 초능력 분야는 키사라기에서 이미 충분히 연구하고 있지. 불꽃의 하이네가 쓴 마법은 전형적인 파이로키네시스다. 즉, 마법이란 단순한 식스 센스에 불과해."

앨리스는 곱씹는 듯한 어조로, 나에게만 들리게 설명했다.

"좀 알기 쉽게 설명해 줘. 파이 뭐시기 식스는 에로 용어야?"

"하이네가 쓴 불 마법은 지구에서 발화 능력자라 불리는 녀석들이 쓰는 것과 같다는 말이다. 키사라기에서 뇌에 개조 수술을 받으면, 누구든 쓸 수 있지. 하지만 유령이라면 이야기가 달라. 나는 수상쩍은 오컬트 존재를 인정할 수 없다."

"너도 수상한 존재인 주제에, 왜 유령은 인정하지 않는데?"

우리 대화가 들렸는지, 그림이 잠자코 있을 수 없다는 듯이 끼어들었다.

"저기, 앨리스. 내 귀여운 고스트들을 헐뜯는 거야? 제나리스님의 힘을 의심하면, 천벌을 받을 거야."

"그림이 쓰는 저주인지 뭔지는 강렬한 자기암시를 병용하는 최면술이겠지. 제나리스니 뭐니 하는 것도 새빨간 거짓말이야."

앨리스는 자신이 믿는 신을 거짓말 취급을 당한 그림에게 툭탁툭탁 맞으면서 말했다.

"오늘의 생태계 조사 때 마수도 조사해 봤는데, 그리폰이 항공역학을 무시하고 비행하는 원리, 갑각류인 모케모케가 어떻게 그만한 몸집을 유지할 수 있는지. 여러모로 호기심이 끊이질 않지만, 언젠가는 그 속임수를 전부 까발려주겠다."

"너, 판타지 세계를 대놓고 부정할 속셈이지? 그림은 죽었다 살아난 적도 있는데……. 그것도 머리가 없는 상태에서 말이야."

"도마뱀도 꼬리가 잘리면 다시 자라지. 언제부터 그림을 평범한 인간으로 착각한 거냐? 그 녀석은 인간의 탈을 쓴 미확인 생물일지도 모른다."

"우오오오오오오오!"

인간이 아니란 소리까지 들은 그림이 앨리스의 목을 조르기 시작했지만, 앨리스는 낯빛 하나 바꾸지 않자 답답했는지…….

"좋아, 정 그렇게 말한다면 내 강령술을 보여주겠어! 제나리스 님을 새빨간 거짓말로 취급한 건 그냥 넘어갈 수 없거든! 하지만 오늘은 마력이 다 떨어졌으니까, 내일 해도 되지?!"

"6호, 들었지? 이게 사기꾼의 상투수단이다. 지금 바로 속일 수 없으니, 나중에 준비를 마치고 보여주겠다고 하는 거지. 그사이 속임수를 준비하는 게 분명해."

"키이이이이이이이익!"

두 사람이 유치하게 다투든 말든, 스노우가 어이가 없다는 투로 말했다.

"앨리스는 마술 부정론자였나? 그런 자들이 가끔 있지만, 이만큼 확고한 건 처음 보는걸. 애초에 내 무기도 마검인데……."

"그랬지. 그 마검 말인데. 내부 동력을 꺼내서 어떤 원리인지 보고 싶다. 다음에 스노우의 집에 놀러 가자. 조사를 위해 몇 자루를 분해——."

"거절한다."

세 사람이 떠들든 말든, 내게 온 로제가 옷자락을 당기며 말했다.

"대장님, 모케모케를 잡았다고 들었는데 저한테 주실 건 없나요? 남은 고기를 가져왔다거나……."

나는 식탐을 보이는 로제에게 잠시 물어봤다.

"일단 앨리스가 회수했는데, 네가 먹고 말끝마다 모케모케 소리를 하진 않겠지?"

"아, 아마 괜찮을…… 거예요……."

이 세계의 생물에는 아직 모르는 부분이 많다.

일단, 로제에게 모케모케 고기를 먹이지는 말자.

6

대삼림의 생태계 조사 다음 날.

"자, 앨리스! 오늘 밤에 시간 되지?! 제나리스 님의 존재를 부정한 걸 후회하게 해 주겠어!"

"좋아. 오컬트의 허점을 파헤쳐서 네가 올 때까지 논파해 주마."

일이 매우 성가셔졌다.

"저기, 왜 나까지 끌어들이는 거야? 검증이든 뭐든, 너희끼리 하면 되잖아……."

"대장, 무슨 소리야! 이건 제나리스 님께 도전하는 짓이거든? 앞으로 앨리스 같은 애가 나타나지 않도록, 신의 기적을 목격할 증인이 필요하단 말이야!"

"그렇다, 6호. 이런 자들은 결정적인 증거를 보여주지 않으면 나중에 변명하고 없었던 일로 치니까."

…………

"말 한번 잘했어, 이 독설 꼬마! 넌 사후에 지옥에 떨어질 거야!"

"안드로이드가 지옥에 간다는 말은 참신한걸."

젠장, 귀찮아. 나도 로제나 스노우처럼 내뺄 걸 그랬네.

"자, 가자! 마침 오늘 밤은 보름달이야. 그러니 더욱 강한 마력을 얻기 위해, 언덕 위에서 강령 의식을 치르겠어."

"그래. 그 언덕에 미리 수작을 부려 둔 건가."

"키이이이이이이익!"

거참. 빨리 돌아가서 술 마시고 싶어!

──시가지에서 약간 떨어진 곳에 있는, 전망 좋은 언덕 위.

맨발로 땅바닥에 선 그림이 마법진이 그려진 시트를 펼쳤다.

마법진 위에 천을 덮어서 안이 보이지 않는 바구니를 두고, 우리를 돌아보며 자신만만하게 웃는다.

"후후, 오늘 밤은 특별해! 앨리스, 항상 건방진 네 얼굴을 공포로 떨게 해 주겠어! 평소에는 공물로 먹을 걸 바치지만, 오늘은 산 제물을 바칠 거야! 잘 봐, 바구니 안에는 푸줏간에서 받아온, 무력하고 가련한 산 제물이……!"

흥분한 그림이 목청껏 외치며 바구니를 덮은 천을 치운다⋯⋯!

"귀엽네."

"폭신폭신해 보이는걸. 야, 그림. 설마 이 토끼를 산 제물로 삼을 거냐?"

바구니 안에는 지구의 토끼보다 귀가 큰 토끼 한 마리가 있었다.

푸줏간에서 구하기는 했지만, 내용물이 뭔지는 그림도 확인하지 않은 것 같았다.

"뀨우⋯⋯."

바구니 안에 발이 묶인 토끼가 나와 그림을 올려다보며 작게 울었다.

그것을 본 그림은 침을 꿀꺽 삼키더니, 손에 든 곤봉을 옆에 슬쩍 내려놓고 말했다.

"대, 대장! 오늘 밤은 더 특별해! 오늘 하루만 조수로 삼아 줄게! 내가 신호하면, 이 아이를 제나리스 님 곁으로 보내 줘⋯⋯."

"나도 싫어! 자기 입으로 사악한 신의 대주교라면서, 이런 것도 못 하면 어쩌냐고!"

이제까지 손을 더럽히고 살아왔지만, 이렇게 하찮은 일로 귀여운 토끼를 해치긴 않다.

"대장은 겁쟁이! 나는 악의 조직 구성원이라고 영문 모를 소리나 하면서! 그리고 제나리스 님은 사악한 신이 아니야!"

"시, 시끄러워~! 키사라기를 무시하지 마! 악의 조직 구성원한테도 양심은 있다고! 게다가 내가 그렇게 악랄한 놈이었으면, 이렇게 오랫동안 말단 전투원으로 살지 않아!"

우리가 토끼를 누가 처리할지를 가지고 다투고 있을 때였다.

"뀨우!"

작은 울음소리가 들리고, 토끼는 힘없이 축 늘어졌다.

앨리스의 손에는 흉기인, 그림이 준비한 곤봉이······.

"이제 됐지? 자, 해 봐라."

"너는 사람 마음이라는 게 없는 거냐?!"

"맞아! 양심은 어디 갔어?!"

나와 그림은 곤봉을 어깨에 걸친 앨리스를 마구 비난했다.

"안드로이드에게 그딴 건 없어. 자아, 이걸로 빨리해 봐."

"아, 이러지 마! 알았어, 알았으니까 제물을 떠넘기지 마!!"

앨리스가 억지로 토끼를 떠넘기자, 그림은 울상을 지으면서 그 토끼를 살며시 내려놨다.

이어서 마법진 앞에 양초를 세우고 불을 붙인다.

"앨리스 같은 애한테 무시당하기만 하는 것도 슬슬 짜증이 나니까, 대주교의 힘을 보여주겠어······!"

목소리 높여 선언하고, 그림이 뭔가 주문을 외우기 시작했다.

그러자 서서히 마법진이 반짝이기 시작하더니, 그림의 표정이 황홀경에 빠진 것처럼 변해갔다.

"야, 앨리스. 이거 좀 위험한 거 아니야? 그나저나 나는 오컬트도 믿는 축인데, 왠지 불길한 예감이 들어!"

"마법진이 빛나는 것 가지고 한심하긴. 시트 밑에 LED라도 넣은거 아니겠냐?"

시트 아래를 확인하려 하는 앨리스에게 한마디 하려던 순간, 마법진에서 점점 강렬한 빛이 뿜어져 나오더니——.

"불사와 재앙의 신 제나리스 님이시여! 그 존엄한 이름으로, 그대의 종을 보내주시옵소서!"

그림이 소리쳐 말하자, 마법진이 한층 더 빛나더니…….

그 자리에 일전에 봤던 마왕군 간부 가다르칸드와 흡사한 형태의 마물…….

아니, 거대한 악마가 하나 나타났다.

7

『호오. 나를 불러내다니, 대단한 계집이구나! 이렇게 현세에 나온 게 대체 얼마만인지…….』

마법진 위에 선 악마의 모습은 마치 신기루처럼 일렁이고 있다.

지금 이 모습은, 이른바 영체 같은 상태로 소환된 것이리라.

"굉장해, 그림! 진짜로 불러냈구나! 게다가 거물 느낌이 나!"

내가 무심코 환성을 지르자, 불러낸 악마와 마주 보고 있던 그림이 살며시 고개를 갸웃거렸다.

"누, 누구야……?"

"어이."

나는 그림을 확 잡아당긴 후, 귓속말을 했다.

(불안한 소리 좀 하지 마. 저건 네가 불러낸 거잖아.)

(하지만 내가 불러내려고 한 건 언데드, 그러니까 고스트거든?! 태고의 악령을 부를 생각이었는데, 모르는 사람이 나왔어…….)

태고의 악령을 부르려고 했다는 말도 그냥 넘어갈 수 없지만, 지금 중요한 것은 눈앞의 악마다.

미안하지만 잘못 불렀다고 사과하면 용서해 주려나.

──바로 그때였다.

우리가 쑥덕쑥덕하는 사이, 그 악마의 앞에 선 앨리스가 상대의 험악한 얼굴을 똑바로 바라보며 이렇게 말했다.

"어이. 넌 참 어설픈 홀로그램을 쓰는구나."

…………

『홀로그램? 작은 자여, 홀로그램이 뭐지? 사신 제나리스 님을 따르는 대악마인 내 이름은…… 앗! 뭐, 뭐 하는 것이냐?!』

악마가 이름을 밝히려던 순간, 앨리스는 마법진이 그려진 시트를 잡고 먼지를 털듯 흔들어댔다.

그 움직임에 맞춰 모습이 일렁거리던 악마가 큰 소리로 뭐라고 떠들었지만, 앨리스는 전혀 개의치 않았다.

『작은 자여, 이게 무슨 짓이냐! 감히 나를 불러내고 이런 무례를 저지르다니! 네놈, 가만두지 않겠노라!』

"시끄러워, 이 홀로그램 자식아. 본체는 어디 숨긴 거야?"

이 세상에 무서울 게 하나도 없는 건지 호탕한 안드로이드가 안 하무인 격으로 말하는 가운데, 악마는 감탄한 듯한 표정을 지었 다.

『호오. 이곳에 존재하는 것이 나의 허상에 불과하다는 걸 간파 한 건가. 하지만 내가 현세에 강림하려면 보잘것없는 토끼 고기 만으로는 부족하다.』

악마는 그렇게 말하더니, 아직도 앨리스가 쥐고 있는 시트 위에 서 자신의 모습이 일렁이는 상황에서──.

『내 진정한 모습이 보고 싶다면, 내 강림에 걸맞은 제물을 바치 거라! 그리고 그대의 영혼을 대가 삼아, 욕망에 점철된 소원을 비 는 것이다! 자, 작은 자여. 지금이야말로…… 어이, 그만해라! 네 놈은 왜 아까부터 나를 방해하는 것이냐!』

앨리스가 마법진이 그려진 시트를 둘둘 말려고 하자, 악마는 초 조한 목소리로 그렇게 외쳤다.

"내가 부르라고 한 건 고스트야. 가다르칸드 짝퉁 따위에는 관 심 없어."

『짝퉁?! 내가 누군가의 짝퉁이란 말이냐?!』

앨리스의 말에 휘둘리는 악마를 본 나는 문득 어떤 생각이 들었 다.

"어이, 당신. 악마라며? 그럼 유명한 이야기처럼, 소원 세 개를 들어주는 거냐?!"

"대장! 제나리스 님과 계약한 내가 할 말은 아니지만, 악마와 거 래하면 좋은 꼴을 못 봐!"

악마는 그 말을 듣고서야 우리의 존재를 눈치챈 것처럼 이쪽을 쳐다보더니…….

『그렇다, 작은 자여. 영혼을 대가로 그 어떤 소원이든 이뤄 주마! 자, 그대는 나에게 무엇을 바라……. 자, 자꾸 방해하지 마라! 계약을 마쳐야 돌아갈 수 있단 말이다!』

앨리스는 뒷면에 장치가 있다고 생각한 건지, 시트를 뒤집었다.

『아까부터 영문 모를 소리를 늘어놓는 아이여, 우선 너부터 소원을 말해 보아라. 대가를 받기는 하겠지만, 그 어떤 소원이든――.』

"그럼 지구란 별의 천체에 인간이 살 수 있는 행성을 두세 개 정도 만들어 줘. 자원은 지구와 비슷한 정도에, 대기는 지금보다 50년 전 정도의 깨끗한 성분 구성으로 부탁하지."

『이뤄주겠……. 어…… 뭐? 지구? 행성?』

안드로이드가 호탕한 요구를 하자, 악마는 한순간 침묵했다.

『네, 네놈은 바보냐?! 행성은 무슨! 세계를 두세 개 더 만들어내라는 소리를 한 게냐?! 정말 욕심이 많은 자로구나!』

비명에 가까운 목소리로 악마가 반론하자.

"네가 어떤 소원이든 이뤄 주겠다며? 소원을 들어주는 횟수를 늘려달라는 소리를 한 것도 아니잖아. 그럼 에너지 문제만이라도 어떻게 해 봐라. 클린하고 콤팩트한 게 전제조건이다. 그러면서 무한한 에너지원을 내놔라."

『에너……. 뭐, 뭐? 저기, 좀 더 알기 쉽게 설명해다오. 황금이나 보석으로는 안 되는 게냐? 혹은 권력이라든가 말이다. 미워하는 상대에게 저주를 걸어달라거나…….』

악마는 에너지가 뭔지 모르는 건지, 대안을 제시했다.

"돈과 권력 따위는 됐다. 그렇다면 이 별에 있는 적성 생물을 전부 해치워라. 마왕과 마족, 야만족, 모케모케와 거대 마수⋯⋯."

『대학살을 벌이라는 게냐! 아, 안 된다! 영혼 하나를 대가로 세상이 멸망할지도 모르는 소원을 들어줄 수는 없느니라!』

안드로이드가 과격한 요구를 하자, 악마는 식겁한 듯 외쳤다.

악마가 불쌍해진 나는 앨리스에게 말했다.

"어이, 그냥 쟤를 돌려보내 주라고⋯⋯."

"소원을 들어줄 때까지 돌아가지 않겠다고 강매업자처럼 떠드니까 어쩔 수 없잖나. 그렇다고 해서 이 녀석도 들어줄 만한 소원은⋯⋯. 그러고 보니 아지트의 화장실이 막혔지? 그거라도 고쳐 달라고 할까."

화장실 수리를 하고 돌아가게 된 악마는 앨리스의 말이 농담이 아니라는 것을 눈치채더니, 초조한 표정을 짓기 시작했다.

하지만 곧 좋은 생각이 난 것처럼 퍼뜩 고개를 들고 말한다.

『그, 그래! 젊음을! 여자라면 누구나 원할, 영원한 젊음을⋯⋯!』

"안드로이드는 나이를 안 먹어. 시간 진행에 따른 부품 마모도 버전 업으로 해결하지. 이젠 됐으니까 그냥 돌아가라."

『⋯⋯⋯⋯.』

나타날 때와 달리, 악마는 고개를 푹 숙이고 사라졌다.

정적만이 감도는 이 자리에, 거북한 공기가 감돌았다.

그런 묘한 분위기 속에서, 나는 불쑥 중얼거렸다.

"그냥 주지육림을 빌 걸 그랬네."

"간부가 되면 그 정도는 자기 힘으로 할 수 있잖아? 저딴 수상한 놈과 얽히지 마라."

내일부터 열심히 일하자.
앨리스의 말을 듣고, 나는 이 별에서 더욱 활약하기로 결심했다!

"그나저나, 앨리스. 이젠 내가 사기꾼이 아니라고 믿을 거야?"
"………………."

【중간 보고】

이 별의 생태계 및 마법이란 개념에 관한 조사를 시행.

이 별의 생물은 대형종이 많으며, 하나같이 호전적.

그중에서도 스포폿치의 따귀는 강력하며, 매년 수많은 사냥꾼이 거꾸로 사냥당한다고 함.

스포폿치의 천적인 모케모케는 비교적 온순하며, 공존이 가능할 것으로 여겨짐.

울음소리로 동료를 식별하는 것 같으며, 진심을 담아 같은 울음소리를 내서 커뮤니케이션을 취한다면 우호 관계가 되는 것도 가능할 것으로 추정됨.

마법에 관해서는 현재 앨리스가 그 존재에 부정적이며, 앞으로 조사가 더 필요함.

또한, 악마라 불리는 존재가 별 볼 일 없다는 것이 판명.

하지만 이쪽도 조사가 더 필요하기에, 다음 보름달이 뜨는 날에 다시 소환할 예정.

그 후에 결과를 다시 보고하겠습니다.

보고자 : 모케모케 애호가 전투원 6호.

2장　음흉형 부패 기사

1

국왕이 허수아비인 이 나라에서는 제1왕녀 티리스가 내정을 담당하고 있다.

실질적인 국가 원수의 호출로 왕성에 온 내가 안뜰을 지나갈 때의 일이다.

커다란 기계 앞에 선 티리스가 눈을 치켜뜨더니…….

"거시기 축제!"

…………

"역시 안 되는 건가요……. 하지만 수많은 백성 앞에서 이 말을 외칠 수는……."

그렇게 말하고 한숨을 내쉬며 뒤돌아선 티리스는 나를 보자마자 그대로 얼어붙었다.

나는 꼼짝도 하지 않는 티리스에게 말했다.

○○○ 축제!

"공주님도 한창 장난을 치고 싶을 때니까. 나도 원정 때 묵은 호텔 방에서는 알몸으로 지내거든. 그래서 심정은 이해해."

"아니에요! 이상하게 이해하지 마세요! 애초에 제가 이런 소리를 외친 것도 따지고 보면 당신 탓이잖아요!"

부끄러운 모습을 나한테 보여줬기 때문인지, 티리스는 얼굴을 새빨갛게 붉히며 항의했다.

"이봐, 이상한 소리 하지 마! 왜 내 탓인데!"

"진심으로 하는 소리예요?! 아티팩트를 기동시키는 기도문을 이렇게 바꾼 사람은 바로 당신이잖아요!"

…………이 인간이 무슨 소리를 하는 거지?

"내가 왜 패스워드를 그딴 멍청한 단어로 바꾸겠냐고. 영문 모를 소리는 하지 마."

"거짓말! 얼마 전 일을 진짜로 잊은 건가요?! 그, 그것보다 6호님을 이곳으로 부른 이유는, 드릴 이야기가 있기 때문이랍니다."

요새 활약한 덕분에 벌써 공주님 루트가 확립된 걸까.

하지만…….

"미안해, 티리스. 네가 나를 좋아해 주는 건 기쁘지만, 음흉한 여자는 좀……."

"그런 말 한 적 없거든요?! 당신과 상의할 일이 있는 거예요! 그리고 음흉하다고 하지 마세요! 아무튼, 제가 이 아티팩트와 관련된 이야기를 하려는 거예요!"

여전히 얼굴이 새빨간 티리스가 따지듯 말했다.

"그러고 보니 그건 비를 내리게 하는 기계였지?"

내가 계속해 보라는 투로 말하자, 티리스는 고개를 끄덕였다.

"옛날에는 매년 물이 필요한 시기가 되면, 이 아티팩트를 작동해서 비를 내리게 했어요. 하지만 최근 몇 년 동안은 아티팩트가 고장 난 바람에 그러지 못했죠……."

티리스는 심각한 표정을 지었다.

"6호 님을 이곳으로 부른 이유를 말하자면, 호위 임무를 부탁하고 싶어서예요. 아티팩트가 고장 난 뒤로는 이웃 나라인 토리스 왕국에서 채굴되는 수정석(水精石)이란 희소 광석으로 필요한 물을 확보했는데……. 아티팩트가 수리된 만큼, 올해는 수입량을 줄였어요. 하지만……."

티리스는 떨떠름한 얼굴로 고개를 돌리더니…….

"이제 와서 아티팩트를 작동하는 게 싫어진 아버님이 행방을 감추고 말아서……."

티리스의 설명에 따르면, 아티팩트를 작동하려면 왕족의 피를 이은 자가 기도를 올리는 수많은 민중 앞에서 기도문을 외워야 한다고 한다.

그렇다면 국왕이 아니더라도…….

"티리스가 사람들 앞에서 그 말을 외치면 되겠네."

"안 해요! 백성들 앞에서 여자한테 뭘 시키려는 건가요! 혀, 현재 아버님을 수색하고 있지만, 만일의 사태에 대비해 토리스에 외교관을 파견하고 싶어요. 하지만 우리가 먼저 수입량을 줄여달라고 요청했고, 그런 상황에서 다시 늘려달라고 부탁하는 거니까 협상은 어려워질 거예요……."

그렇게 말한 티리스는 기도하듯 두 손을 모으더니, 애처로운 소녀처럼 나를 올려다보았다.

하지만 나는 알고 있다.

이 왕녀님은 속이 시커멓다.

나라를 위해서라면 끔찍한 소리도 할 것이다.

"토리스의 첫째 왕자는 호색가로 유명해요. 그러니까 성격에 문제가 있기는 해도 외모는 반반한 스노우를 외교관으로 파견할까 하는데……."

"나는 벌써 다음 이야기를 듣고 싶지 않은데 말이야."

이 왕녀님은 자신의 신하를 호색 왕자에게 산 제물로 바치려는 건가.

악의 조직원인 나조차도 식겁할 만큼 속이 시커멓네.

"이야기를 끝까지 들어 보세요. 저는 호위를 부탁한다고 했죠? 그 아이를 팔아넘길 생각은 없답니다. 그래도 미녀를 좋아한다는 그 왕자라면, 스노우를 보고 허튼 생각을 하겠죠. 왕자가 그 아이에게 손대려고 하면, 현장을 확보하고 규탄해 주세요. 외교관인 스노우를 건드리는 것은 국가 간의 큰 문제죠. 그렇게 되면 협상을 유리하게 움직일 수 있을 거랍니다."

"우리 나라에서는 그런 걸 보고 미인계라고 하거든?"

내 주위는 속에 어둠을 품은 녀석밖에 없나.

질겁한 나와 달리, 티리스는 감탄한 표정을 지었다.

"즉, 이건 6호 님의 나라에서도 쓰는 외교 전략인 건가요? 그렇다면 이야기하기 편하겠군요. 그 아이는 강하니까 괜찮을 거랍니다. 사람들이 보는 앞에서 6호 님에게 팬티가 벗겨진 적도 있으니까 말이죠."

"저기, 티리스. 그건 다 이유가 있어서 그런 거야. 그리고 나는 요즘 영 좋지 않은 별명이 붙었어. 이상한 소문이 더 정착되지 않게, 발언할 때는 좀 조심해 주겠어?"

애초에 스노우의 팬티는 이 나라를 구하기 위해서 벗긴 것이다.

그것은 영웅적 행위이며, 성희롱으로 취급하면 곤란하다.

하지만…….

"호위라……. 나는 경호원이 아니라 전투원이거든? 영 내키지 않는데……."

혼자 투덜거리는 내게, 티리스는 즐겁게 미소를 짓더니.

"그런 소리를 해도 괜찮겠어요? 6호 님과 스노우는 입맞춤까지 했다고 들었어요. 그 아이가 진짜로 왕자에게 겁탈당해도 괜찮겠어요?"

그렇게 말하고, 의미심장하게 싱글거린다.

"뭐, 괜찮아."

"예?"

내 말이 뜻밖이었던 건지, 티리스는 조금 언성을 높였다.

"성질이 급하고 욕심 많은 여자는 내 취향이 아니거든. 그러니 무슨 짓을 당하든, 나는 딱히……."

"그 아이 앞에서는 절대로 말하지 마세요! 이건 이 나라에서 키사라기에 하는 정식 의뢰예요! 제발 받아주세요!"

그런 소리를 해도 말이지…….

"평소 같으면 토리스와의 외교를 참모에게 맡기겠지만, 무슨 일이 있었는지 지난달에 갑자기 그만두겠다고 해서……. 그런 일도 있어서, 외교 쪽 인원이 부족해요……."

참모라 했나…….

누구인지는 모르겠지만, 느닷없이 일을 내던지는 걸 보면 참 무책임하네.

이 나라 사람들에게 심한 짓을 당하기라도 한 걸까.

"뭐, 아무튼 이번 의뢰는 사절하겠어. 나는 전투원이라서 싸우는 것 말고는 전공이 아니거든. 누군가를 함정에 빠뜨리는 건 좋아하지만, 다른 사람을 찾아봐."

내 말을 들은 티리스는 초조한 듯이 말했다.

"기, 기다려 주세요! 이번 의뢰의 보수로, 앨리스 양이 부탁했던 어떤 정보를 준비했는데요……."

"정보……?"

그 녀석이 원하는 정보가 대체 뭘까? 이 별의 희귀 생물이나 독극물이라도 원하는 건가?

그런 내 의문에 답하듯.

"이 대륙 곳곳에 남은 유적에 관한 정보예요. 실은 이번에 스노우를 파견할 토리스에도 입구의 봉인을 푸는 방법을 몰라서 조사하지 못한 유적이 있어요. 의뢰를 받아준다면, 그 유적의 조사 허가를 내달라고 토리스 측에 요청하겠어요. 이러면 어떤가요?"

티리스는 음흉함을 감춘 눈으로 나를 보며 말했다.

시가지 외곽에는 비밀결사 키사라기 간판이 걸린 큰 집이 있다.

이곳은 나와 앨리스가 빌린 임시 아지트다.

비밀결사 키사라기의, 잠정적인 그레이스 지부다.

"──그런고로 그 뭐시기 나라에는 아직 아무도 손대지 않은 수수께끼의 유적이 있대. 하지만 태고의 기술이 해명되지 않은 탓에, 입구의 봉인이 풀리지 않았나 봐. 뭐, 그건 직접 가서 생각해 보자고."

성에서 귀환한 나는 앨리스와 이번 일에 관해 상의했다.

"태고의 기술이란, 성 안뜰에 안치되어 있던 오파츠 같은 걸 말하는 거겠지. 전자 인증으로 잠겨 있다면 내가 열겠다. 그것보다, 6호가 맡은 또 하나의 임무가 문제인걸."

"응……? 또 하나의 임무?"

내가 책상 위에 올려둔 다리를 흔들어대며 묻자…….

"외교관으로 파견되는 스노우를 호위하라는 말을 들었다며? 미리 말해 두겠는데, 이번에는 바보 같은 짓 하지 마라. 아무리 내가 고성능이라도, 몇 번이고 뒷수습을 해 줄 수는 없다."

걱정하는 건지 안 하는 건지, 앨리스가 그런 소리를 했다.

"뭐야, 그거 말이야? 나만 믿어. 나는 술자리에서 처음 만난 아저씨와 친해지는 게 특기거든."

"그렇다고 술 마시러 갈 때마다 모르는 아저씨를 주워 오지 마

라. 네가 데려온 부랑자가 아지트 마당에 멋대로 텐트를 치고 눌러앉으려 했단 말이다. 쫓아내느라 얼마나 고생한 줄 아냐?"

그렇게 친해졌는데 아침이 되면 모습이 안 보인다 했더니, 이 녀석이 다 쫓아냈던 거냐.

"역시 안드로이드야. 악마에게 산 제물을 바칠 때도 느꼈지만, 너는 피도 눈물도 없는 거냐?"

"몇 번이나 말했지만, 안드로이드에게는 그런 게 없다. 그보다 아스타로트 님께서 침략지 확장 지령도 내리셨지. 몇 번이나 말했다시피, 멍청한 짓은 하지 마라. 이번 달 내로 성과를 내놓으란 말을 들었단 말이다."

앨리스가 다짐을 받듯 몇 번이나 같은 말을 반복하자⋯⋯.

"간부 녀석들에게 무슨 말을 들었는지 모르겠지만, 넌 나를 오해하고 있지? 뭐, 잘 봐. 최고참 전투원은 외교력도 뛰어나다는 걸 똑똑히 보여주지!"

"괜한 짓 하지 말라고 내가 말했을 텐데?"

3

이 행성은 지표 대부분이 광대한 숲에 뒤덮여 있다.

그 이외의 탁 트인 장소는 전부 인간이 살기에 적합하지 않은, 검붉은 황야 지대다.

우리는 그런 황야 한복판을———.

"아하하하하하하! 아하하하하하하하! 나는 바람이야! 바람이 되겠어!! 대장, 저기 좀 봐! 저 데들리 허그들이 마치 보라거대달팽이 같아! 그 무엇도 우리를 따라올 수 없어!"

"야, 그림! 그렇게 까불다 떨어진다! 스노우, 로제! 너희도 보고 있지만 말고 이 녀석을 말려!"

질주하고 있는 대형 버기의 선루프로 흥분한 그림이 몸을 내밀고 있었다.

버기 뒤로는 누군가가 도발한 탓인지, 에일리언처럼 생긴 네발 짐승이 떼를 지어 쫓아오고 있었다.

그림은 뭐가 그렇게 재미있는지, 아까부터 선루프로 몸을 쑥 내민 채, 깔깔 웃어대고 있었다.

차를 처음 타 본 스노우와 로제는 차 안에서 보는 바깥 풍경이 신기한지, 창문에 찰싹 달라붙어서 붉은 대지를 응시하고 있었다.

"앨리스, 속도를 너무 내지 마. 차체가 튀었다간 그림이 차 밖으로 굴러떨어질 거야. 잠깐…… 너, 액셀에 발이 닿긴 하냐?"

"나는 고성능 안드로이드다. 상대가 기계의 일종이라면, 커넥터만 꽂으면 지배할 수 있지."

그 말을 듣고 앨리스를 보니, 옷 아래에서 나온 코드가 핸들 아래에 꽂혀 있었다.

"그것보다, 여기서부터 길이 험해지니까, 그림한테 차 안으로 들어오라고 해."

앨리스가 그렇게 말한 순간, 차체가 확 튀었다.

그와 동시에 선루프 쪽에서 들려오던 웃음소리가 멎더니…….

"대, 대장님, 그림이 떨어졌어요! 데들리 허그한테 잡혀서 끌려 갈 것 같아요!"

"거봐. 내가 뭐랬어!"

앨리스가 급브레이크를 밟자마자, 우리는 차에서 뛰어내렸다.

그러자 바닥에 떨어지면서 받은 충격 탓에 기절한 그림이 마수들에게 먹이로 잡혀 소굴로 끌려가려는 광경이 눈에 들어왔다.

"야, 그 노처녀는 다양한 의미에서 맛이 없다고! 대신에 이걸 줄 테니까, 빨리 꺼져!"

미끼 삼아 휴대식량을 던지자, 데들리 허그는 그림을 내팽개치고 몰려들었다.

내 말을 이해한 것 같지는 않지만, 뭐가 더 맛있는지는 분간할 줄 아는가 보다.

우리가 휴대식량에 진 폭탄녀를 회수하자, 그림에게 복수해서 만족한 듯한 데들리 허그 무리는 쫓아오지 않았다.

"이 녀석, 매번 싸우기도 전에 전투 불능이 되는 것은 좀 어떻게 할 수 없어?"

"물어뜯기기는 했지만, 아직 살아 있네요. 좀 있으면 기운 차릴 거예요."

눈이 까뒤집힌 그림을 눕힌 후, 우리를 태운 버기는 다시 질주하기 시작했다——.

"——어이, 6호. 이 버기라는 마도구를 나한테 맡기지 않겠느냐? 나한테는 진기한 물건을 비싸게 팔 수 있는 연줄이 있지. 아주 조금, 반 정도만 나한테 나눠주면…….”

“팔 생각 없어. 이 문명의 이기는 너희에게 아직 이르거든. 게다가 이것 때문에 악행 포인트를 꽤 썼다고.”

이른 아침에 그레이스 왕국에서 출발한 우리는 해가 질 즈음에 이웃 나라 토리스에 도착했다.

“악행 포인트? 일전에 마왕군 간부와 싸울 때도 포인트가 부족하다며 난리를 피웠지? 너나 앨리스가 쓰는 소환 마법에는 그 포인트가 필요한 것이냐?”

전송받은 장비들은 마법으로 작동하는 게 아니지만, 이 세계 녀석들 눈에는 그렇게 보이는 것 같았다.

“뭐, 그런 거야. 악행 포인트는 내 평소 행실에 따라 쌓이는데, 비장의 카드 같은 거라서 여차할 때 쓰는 거지.”

“잘 모르겠다만, 너와 같이 다니다 보면 진기한 마도구를 구할 수 있겠구나. 어이, 6호. 너는 타이거맨 공처럼 검을 소환할 수는 없는 것이냐? 물건에 따라 다르지만, 내 몸으로 어느 정도의 행위까지는 너한테 허용해 줄 생각도 있는데 말이야…….”

“너, 인마…….”

이 녀석은 돈이 될 물건이나 명검을 위해서라면 주저하지 않고 몸을 파는 건가.

슬럼 출신이라는 이야기는 들었지만, 대체 얼마나 힘든 생활을 하면 이런 여자로 자라는 걸까.

요전번에 나한테 답례라며 키스해 주고 부끄러워한 건 뭐였냐고.

토리스에 도착한 우리는 마을 입구에서 버기를 세운 후, 바로 성으로 향했다.

그리고 주위를 둘러보며 그림을 옮기던 로제가 전방에서 뭔가를 발견한 것 같았다.

"대장님, 저것 좀 보세요! 앤드류의 꼬치구이라는 가게가 있어요! 앤드류는 어떤 마수일까요?!"

로제가 손으로 가리킨 곳에는 꼬치구이를 파는 노점이 있었다.

"앤드류는 지금으로부터 약 십여 년 전, 이 나라를 뒤흔들었던 거대 마수야. 십 년이 넘는 세월이 흘렀는데도, 그 고기는 농후하고 맛있지. 이 나라 사람들이 오랫동안 먹었는데도 고기가 남아 있을 만큼, 무식하게 거대한 대마수였대."

"와~! 대장님은 박식하네요!"

내가 대충 지어낸 소리를 로제에게 들려주고 있을 때, 꼬치구이 노점의 주인장이 딴죽을 날렸다.

"손님, 헛소문을 퍼뜨리지 마세요. 제 이름이 앤드류이고, 앤드류가 경영하는 꼬치구이 가게라는 의미라고요."

"대장은 너무해! 역시 할아버지 말대로, 인류는 기만이 넘쳐 멸망해 마땅한 존재야!"

망신당한 로제에게 탁탁 맞으면서, 나도 마을을 관찰했다.

토리스의 시가지를 둘러보니, 이 나라도 그레이스 왕국과 문명 수준이 비슷해 보였다.

때때로 아티팩트라 불리는 정체불명의 기계가 보였지만, 아직은 키사라기의 기술력이 우위에 있는 것 같았다.

그러면서 걸음을 옮기다 보니, 이윽고 성이 보이기 시작했다.

미리 연락을 받은 건지, 화려하게 차려입은 남자가 정문에 도착한 우리를 맞이했다.

"그레이스 왕국 사절단 여러분, 토리스에 어서 오십시오! 늦은 시간이라 알현은 어렵습니다만, 오랜 여행의 피로를 푸시라고 연회를 준비했습니다. 여러분의 응대는 이 나라의 첫째 왕자이신 엔젤 님께서 맡으실 테니, 편하게 지내 주십시오."

이 나라의 내정관이겠지. 나이먹은 남자가 정중히 예를 표했다.

뭐라 대꾸할지면 생각하고 있을 때, 스노우가 앞으로 나섰다.

"음, 잘 부탁한다! 나는 스노우. 그레이스 왕국 근위기사단 대장이자, 티리스 왕녀님의 전속 기사이기도 하다. 즉, 왕녀님의 심복인 셈이지."

이 녀석이 대체 무슨 소리를 하나 싶어서 보니, 스노우는 만면에 미소를 지으며 말을 이었다.

"토리스는 수정석 수출이 주된 산업이라 들었다. 게다가 그 희소 광석은 지하에 어마어마한 양이 묻혀 있다지? 나는 그 돌을 본 적 없지만, 한 번쯤 보고 싶은걸. 이야, 정말 부러워!"

"그, 그러십니까. 그럼 돌아가실 때 선물로 가져가실 수정석을 조금 준비하지요. 그러니 티리스 님께는 말씀을 잘 드려주셨으면 합니다만……."

우와, 믿기지가 않아. 이 녀석, 뇌물을 요구했어.

"음, 물론이지! 티리스 님께는 토리스에서 멋진 환대를 받았다고 보고해두겠다! 참고로 우리는 편리한 이동 수단을 가지고 있지. 그러니 조금이 아니라 대량으로 가져가는 것도 충분히 가능하다고나 할까……."

내정관과 이야기하며 성으로 들어가는 스노우를, 우리는 질린 듯한 시선으로 쳐다보았다.

"야, 앨리스. 진짜로 저 녀석에게 외교를 맡겨도 괜찮겠어? 저 녀석의 경호원으로 같이 오기는 했지만, 스노우가 사고를 치면 우리까지 위험해지는 거 아냐? 솔직히 말해 저 여자의 탐욕에는 나도 질릴 것 같다고."

"저래 봬도 일단은 기사단의 대장인 만큼, 외교 경험이 있긴 하겠지. 미개한 문명에서 뇌물은 기본일 거야. 로제, 그렇지?"

"역시 할아버지 말대로, 인류는 욕심이 많아 멸망해 마땅한 존재야……."

이상한 소리를 중얼거리는 로제를 무시하고, 나는 날아갈 것 같은 기분으로 앞장을 서는 스노우의 뒤를 따랐다.

4

그리고 환영 연회에서.

"대장, 이 초 미니 드레스 어때?! 섹시해~? 저기, 섹시해~? 확 덮치고 싶지 않아?"

회장 앞에서 마주친 그림이 검정 섹시 드레스 차림으로 으스대듯 내게 물었다.

"할망구는 무리하지 말라는 소리를 해 주고 싶네."

"위대하신 제나리스 님, 이 남자에게 재앙을! 고자가 되는 저주나 걸려!"

그림이 손으로 가리킨 순간, 나는 헤드 슬라이딩으로 피했다.

"빗나갔어……."

"빗나가긴 무슨. 너도 참 무서운 여자네! 나는 방금, 그 어떤 강적을 상대했을 때보다도 더 강렬한 공포를 느꼈다고!"

사신에게 바치는 대가로 쓴 건지, 그림이 낀 반지가 사라졌다.

평소에는 아무짝에도 쓸모가 없으면서, 이 노처녀는 왜 이럴 때만 무시무시한 힘을 발휘하는 걸까.

강한 마음이 담긴 물건을 대가로 삼아, 상대에게 저주를 걸 수 있는 것이다.

지금 나에게 걸려고 한 저주처럼, 실패했을 때의 반동이 자신에게 불이익이 되지 않으면 성공 확률이 떨어진다고 한다.

그래도 무시무시하다는 점에는 변함없다.

"대장은 솔직하지 못하다니깐. 전에 내 팬티를 봤으면서……."

"그건 네가 도발해서 그런 거잖아. 그렇게 흔들어대다간 치마가 말려 올라갈 거라고."

내 말을 들은 그림이 경계하듯 뒷걸음질 쳤다.

그런 우리 앞에, 치장을 마친 세 사람이 나타났다.

노출이 심해서 아슬아슬한 드레스를 입은 스노우가 여보란 듯이 가슴을 폈다.

"6호, 이 초 미니 드레스가 어떠냐? 섹시하냐~? 응? 섹시해~? 재산을 나한테 바치고 싶어지지 않느냐?"

아까 비슷한 소리를 늘어놨던 그림을 보니, 내 시선을 피하듯 고개를 푹 숙였다.

"그림, 너는 아까 저런 표정으로 나한테 감상을 물어봤다고."

"대장, 내가 잘못했어. 파티 자리라고는 해도 남자를 만날 기회가 생겨서 흥분했나 봐. 앞으로는 조금 조심할게."

유일하게 평소와 별반 다르지 않은 원피스 차림인 앨리스가 나에게 다가와서 귓속말을 했다.

"어이, 6호. 길 잃은 어린애인 척 성안을 조사했는데, 이 나라에는 문명에 어울리지 않는 기계가 있다. 보는 눈이 많아서 제대로 조사해 보지는 못했으니, 파티가 시작되면 몰래 빠져나가서 살펴보자."

"너, 그런 쪽으로는 빈틈이 없구나……."

아무래도 이 별 곳곳에는 수수께끼의 기계가 있는 것 같았다.

대체 이 세계에서는 과거에 무슨 일이 있었던 걸까.

태고의 유적이라는 것도 아직 조사를 못 한 것 같은데, 거기서 엄청난 보물이나 고대의 슈퍼 아이템을 찾는다면 그 공적으로 간부 대우를 받는 것도 꿈이 아니겠군…….

그 태고의 유적과 가장 관련이 있을 듯한 키메라가 예쁜 드레스 차림으로 기분 좋은 듯이 콧노래를 부르고 있었다.

이 녀석도 파티에서 만남을 기대하는 걸까…….

"로제, 너도 그런 거냐……."

"뭐가요? 대장님도 파티가 참 기대되죠?! 맛난 걸 배불리 먹을 수 있을 거예요!"

아무래도 이 녀석은 식욕 때문에 들떠 있는 것 같다.

너만은 이 소대의 마지막 양심이 되어 줘.

의아한 표정으로 고개를 갸웃거리는 로제를 보면서 마음속으로 기도한 나는⋯⋯.

빌린 정장의 옷깃을 바로잡은 후, 파티 회장의 문을 힘껏 열어젖혔다──.

"──어이, 6호. 이제 어떻게 할 거지? 멤버를 잘못 골랐다는 말로 넘길 레벨을 넘어섰잖아."

우리를 환영하는 연회가 열린 이 회장은 혼돈의 도가니에 빠져 있었다.

그것도 내 소대 멤버들 탓에 말이다.

"어머~ 그렇군요~! 하멜 씨는 이렇게 젊은데 참 뛰어난 분이군요! 게다가 귀족 가문의 셋째 아들이라면 성가신 후계자 문제에 휘말릴 일도 없겠고, 부모님 노후를 책임질 필요도 없을 테고요!"

"아, 아, 예. 그렇죠. 하지만 제가 제7기사단의 대장으로 뽑힌 건, 우수한 부하들 덕분이라고나 할까요⋯⋯."

평소보다 한 옥타브 높은 목소리로 말하며, 평소 쓰지 않는 존댓말까지 쓰고 있는 노처녀⋯⋯.

그림이 갈색 머리 미남 기사를 올려다보며 교태를 부리고 있었다.

평소에는 건강미와 거리가 멀지만, 예쁘게 꾸민 지금은 어엿한 숙녀였다.

　"저기, 그런데 사절님은 왜 맨발이신 거죠?"

　맨발이라는 점만 빼면 말이다.
　예전에 저 녀석이 말했던, 신발을 못 신는 저주 탓일 것이다.
　아름다운 드레스 차림으로 파티장의 카펫 위를 맨발로 걸어 다니는 모습은 기묘한 분위기를 자아내고 있다.
　"하멜 씨도 참. 우리 사이잖아. 그냥 그림이라 불러!"
　그림은 몸을 괴상하게 꼬면서 아양을 떨었지만, 상대 남자는 질린 듯한 반응을 보였다.
　"그, 그게, 처음 뵙는 숙녀의 이름을 막 부르는 건 좀……. 혹시 왜 맨발인지 묻지 않는 편이 좋을까요?"
　"종교상의 이유랍니다. 그것보다 하멜 씨는 내성적이네! 하지만 그런 면도 참 괜찮다고 생각해. 바람을 안 피울 것 같거든!"
　상대방의 질문을 대충 넘긴 그림이 자기 할 말만 늘어놓았다.
　그림에게 압도당한 남자 기사는 당황했지만, 상대방이 타국의 사절이라 함부로 대할 수도 없기에 계속 응대하고 있었다.
　하지만…….

　"맛있어요! 이렇게 맛있는 고기를, 이렇게 잔뜩 먹는 건 처음이에요!"

"그건 정말 다행이군요. 하지만 로제 님, 돼지 통구이는 원래 혼자 다 먹는 음식이……. 저기, 뼈는 남기는 편이 좋지 않을까요? 아아, 입가에 소스가……."

로제는 커다란 접시에 놓인 통구이를 탐닉하면서, 맛있다 맛있다를 연호했다.

서빙을 맡은 메이드가 더러워진 로제의 입가를 손수건으로 닦아 줬다. 그 와중에도 로제는 음식을 계속 먹어 치웠다.

"맛있어요! 진짜 맛있어요!! 뼈도 오독오독한 게, 맛없는 부위가 없다니까요!"

"그, 그건 정말 다행입니다. 맛있게 드셔 주시니 저희도 정말 기쁩답니다. 로제 님, 다음 음식은 로말새우와 에치고게의 석쇠 구이죠. 바다 향이 강합니다만, 속살이 참 향긋……. 로제 님, 껍질을 먹는 게 아니랍니다. 로제 님? 로제 님? 집게발은 드시지 않는 편이……!"

로제 또한 그림과는 다른 의미에서 주목을 받고 있었다.

그리고 무엇보다…….

"엔겔 님은 아직 안 오셨느냐? 첫째 왕자인 엔겔 님이 우리를 환영해 주신다면서?! 어이, 6호! 왕자를 유혹하는 걸 도와준다면 나중에 꼭 사례하겠다! 그러니 엔겔 님을 홀리는 걸 도와다오!"

"이 정도면 오히려 대단하다는 생각이 드네……."

아까부터 욕망을 전혀 숨기지 않는 이 여자…….

드레스는 잘 어울리지만, 언동 때문에 말짱 꽝이었다.

"잘 들어라, 6호. 잘 들으란 말이다. 상대는 토리스의 첫째 왕자이자 차기 국왕이다. 그리고 이 나라는 지면을 파기만 해도 금화가 나온다는 소리를 듣는 자원 대국이지. 즉, 이 나라의 왕비가 되면, 평생 호강할 수 있는 거다!"

이 녀석을 진짜 어떻게 할까?

나는 티리스로부터 미인계를 부탁받았지만, 의뢰 내용은 이 여자가 겁탈당하기 직전에 끼어들어서 구출하는 것이다.

하지만 당사자는 선을 넘고 싶어 환장한 만큼, 나는 훼방꾼이 되고 만다.

콧김을 뿜고 있는 스노우를 보고 있던 앨리스가 나에게 다가오더니, 귓속말을 했다.

"어이, 6호. 이 나라의 엔겔이란 남자는 살이 뒤룩뒤룩 찐 호색가라 영 별로라던데 말이다. 저렇게 기대하다 충격을 받으면 곤란할 거야. 네가 저 녀석 좀 어떻게 해 봐라."

호오.

"그건 거꾸로 재미있겠는걸. 이대로 내버려 둬서 한껏 기대하게 만든 후에 나락에 떨어뜨리자고."

"너, 성격이 정말 끝내주는구나……."

앨리스가 인간미 넘치는 표정을 보이는 가운데, 집사 한 명이 입을 열었다.

"여러분, 오래 기다렸습니다. 엔겔 왕자님께서 입장하십니다."

회장의 입구를 보니, 예상을 뛰어넘는 존재가 눈에 들어왔다.

"앨리스, 솔직히 저건 아니잖아. 뚱뚱한 왕자라고 해서, 좀 더

젊고 통통한 도련님을 상상했다고."

"이 나라에서는 아직 국왕이 현역인 것 같아. 부모가 은퇴하지 않는다면, 나이가 아무리 많아도 왕자인 거지."

들어온 자는 마흔이 넘어 보이는 뚱보 아저씨였다.

건강에 나쁜 생활을 해온 건지 그냥 걷기만 하는데도 숨을 헐떡이고 있는 데다, 덥지도 않은데 땀을 흘리고 있었다.

아무리 그래도, 잔뜩 기대하고 있다 저딴 녀석을 보게 된 스노우가 불쌍했다.

나는 스노우를 위로해 주려고…….

"엔젤 님, 처음 뵙겠습니다! 그레이스 왕국에서 온 근위기사단 대장인 스노우라고 합니다! 오늘 이렇게 만나 뵈어 영광입니다!"

왕자님을 보고 충격을 받을 줄 알았는데, 스노우는 눈을 반짝이며 활짝 웃고 있었다.

아무래도 나는 이 녀석을 얕봤던 것 같다.

"오오, 참 아름다운 외교관님이군. 내가 이 나라의 왕자인 엔젤이라네. 이 먼 곳까지 오느라 참으로——."

"아름답다니, 과찬입니다! 엔젤 님이야말로 남성미를 풍기는 듬직한 풍채와 다부진 느낌의 외모를 지니셨군요! 보고만 있어도 반해버릴 것만 같아요!"

엔젤이란 녀석이 말을 끝까지 잇기도 전에, 스노우가 칭찬을 쏟아냈다.

좀 욕심 많은 도검 마니아에 이상한 여자인 줄 알았더니, 당치도 않다.

이 여자는 상대가 부자라면, 오크든 슬라임이든 가리지 않고 진심으로 사랑할 수 있을 것이다.

"스노우 경. 그렇게 말해 주니 기쁘기는 하지만, 나 또한 자신의 용모가 어떠한지 잘 알지. 마음에도 없는 말은 됐네. 우리 나라와 그레이스 왕국은 우호국인 만큼, 괜한 배려는……."

"무슨 말씀을 하시는 겁니까, 엔겔 님! 제 눈을 보십시오! 당신은 충분히 매력적입니다! 그것만은 단언할 수 있어요! 어떤가요? 이게 거짓말을 하는 자의 눈처럼 보입니까?!"

은발 미녀는 뚱보 아저씨의 눈을 똑바로 응시했다.

저 대사와 장면만 보면 진실한 사랑에 눈뜬 미녀와 야수 같아 보이기도 했다. 진짜 이 녀석을 어떻게 하지?

"화, 확실히 거짓말을 하는 것 같지는 않군. 음, 고맙네. 이런 진지한 표정으로 나를 칭찬해 준 사람은 그대가 처음이지. 티리스 왕녀는 참 멋진 부하를 둔 것 같아 부러운걸. 자아, 이번에 우리 나라를 찾아온 건 수정석의 수출량 때문이라 들었네만……."

"에, 엔겔 님, 대체 어떻게 된 겁니까?! 제가 이렇게 정열적으로 구애하는데, 왜 그런 이야기를 하려고 하시는 거죠?!"

저 아저씨가 마음을 다잡고 진지한 이야기를 시작하려 하자, 이 탐욕스러운 여자가 그 말을 막았다.

뭔 소리야. 너는 수정석 수출입 협상을 하러 이 나라에 왔잖아.

"저, 저기, 스노우 경. 경이 무슨 소리를 하는지 잘 모르겠다만, 우호국에서 사절로 온 여성을 희롱했다간 심각한 외교 문제가……."

스노우가 황당한 이유로 발끈하자, 아저씨는 느릿느릿 뒷걸음
질 쳤다.

"어쩜 이렇게 패기가 없을 수가! 엔젤 님은 여자를 밝힌다 들었
는데, 그건 헛소문입니까?! 지금 호의를 보이는 여자에게 창피를
주려는 겁니까?!"

"처음 보는 상대에게 무례한 거 아닌가?! 그것보다 처음 보는데
이 계집은 왜 이렇게 들이대는 거냐?!"

아저씨가 뒷걸음질 치는 만큼 다가가서 이제는 욕망으로 번들
거리는 얼굴을 감추려고 들지도 않는 스노우.

"저는 티리스 왕녀를 대신해 이 나라에 왔습니다. 그게 어떤 의
미인지 알겠습니까? 우리 나라는 마왕군에 침략받고 있었지만,
얼마 전 대규모 공세를 막은 후로는 소규모 전투만 벌어지고 있
죠. 자, 한 손에 음료를 들고 한가해 죽으려고 하는 저 남자의 얼빠
진 낯짝이 보이십니까? 이름은 전투원 6호라고 하는데, 저래 봬
도 싸우는 능력 하나는 대단하죠."

여기까지 들릴 목소리로 말하고 스노우는 나를 힐끔 보았다.

"어이, 앨리스. 저 여자, 방금 나를 디스했지?"

"싸움 하나는 잘한다고 칭찬한 게 아닐까?"

그, 그런가?

별로 칭찬같지 않은데…….

"우리 나라는 현재 저런 용병을 다수 보유하고 있습니다. 흉포
한 저 낯짝을 보면 아시겠지만, 틈만 나면 문제를 일으키는 녀석
들이죠. 하지만 싸울 상대를 주면 의외로 얌전히 지냅니다."

스노우가 그렇게 말하자, 아저씨는 약간 겁먹은 듯한 눈으로 내 쪽을 쳐다보았다.

역시 칭찬이 아니었어. 나도 그 정도는 안다고.

우리의 힘을 이용해 아저씨를 협박한 스노우는 음흉한 표정을 지으며 그 어깨에 손을 얹더니······.

"뭐, 마왕군과 교착 상태라 한가해 죽으려고 하지만, 곧 싸움이 다시 시작되겠죠. 하지만······ 그때까지 그 녀석들을 말리기 위해서라도, 주변 나라와는 사이좋게 지내고 싶다고나 할까요."

"무, 물론이라네! 그러니 이렇게 스노우 경을 성대히 환영하고 있는 거다만······!"

저 여자와 아저씨의 음흉한 대화는 못 들은 거로 하자.

──바로 그때.

"이 자식, 감히 나를 속여?! 약혼자가 있으면 처음부터 말하란 말이야! 아무리 조금 잘생겼어도, 여자의 마음을 가지고 놀면 절대로 용서할 수 없어!"

"그, 그렇게 말씀하셔도······! 그림 양, 부디 진정하시죠. 다른 사람들이 봅니다!"

회장 한복판에서 노성이 들려왔다.

무슨 일인가 싶어서 보니, 우리 소대의 노처녀가 아까 그 기사에게 저주를 걸려 하고 있었다.

"위대하신 제나리스 님, 이 남자에게 재앙을! 물이나 뒤집어써!"

그림이 그렇게 외친 순간, 손에 쥔 무언가가 사라졌다.

그리고 대야를 뒤집은 듯 대량의 물이 그림의 머리에 쏟아졌다.

아무래도 저주에 실패한 것 같다.

홀딱 젖은 그림이 고개를 숙인 채 어깨를 부르르 떨고…….

"후…… 후후……. 비웃어. 아하하하, 이 불쌍한 여자를 비웃으란 말이야! 마음을 줬던 미남에게 차인 끝에, 저주에도 실패해서 이런 꼬락서니가 된 나를, 비웃어어어어어어어어어!"

발작을 일으켜 카펫 위를 구르며 소란을 피우는 노처녀.

정말 생각도 하기 싫지만, 저게 내 부하란 말이지…….

더는 볼 수가 없어서 파티장을 나서려고 할 때였다.

"그렇게 자신을 비하하지 마십시오, 아가씨. 자, 흠뻑 젖은 채로 울면 귀여운 얼굴이 아깝죠. 지금 메이드에게 갈아입을 옷을 준비하게 하겠습니다."

울음을 터뜨린 그림에게 손수건을 건네준 장신의 중년 남자가 손을 내밀었다.

체격이 좋은 것을 보면, 이 나라의 장군일지도 모른다.

"저기, 댄디한 중년 신사님? 괜찮다면 성함을 여쭤도……."

"미리 말씀드리자면, 저는 이미 결혼했습니다."

더는 보고 있을 수가 없었던 나는 흥미롭다는 듯이 그림을 지켜보는 앨리스를 데리고 파티장을 나섰다.

"저기, 앨리스. 나, 지난번에 꽤 활약했지? 보통은 함께 죽을 고비를 넘긴 동료들과 인연이 생겨야 정상 아니냐? 저것들은 대체 왜 저 모양인데? 하나같이 미남 아니면 부자에 환장한 거냐고. 모처럼 지구 외 행성에 왔는데, 어째서 이런 요소만 현실적이냔 말이야."

"너도 예쁘고, 젊고, 몸매가 좋고, 일편단심 여자를 좋아하지? 안드로이드인 내가 보기에, 남자나 여자나 거기서 거기다. 이상적인 여자를 원한다면, 키사라기에서 곧 판매를 시작할 예정인 성인용 안드로이드로 만족해."

술 때문에 달아오른 몸을 식히기 위해 성안을 돌아다니던 나와 앨리스는······.

"야, 앨리스. 방금 뭐랬어? 키사라기가 성인용 음란 미소녀 안드로이드를 판매한다고 했지?"

"그런 말 안 했거든? 음란 같은 말은 안 했거든?"

어쩌지. 지금 바로 지구로 돌아가고 싶어졌어.

하지만 지금 지구에 돌아갔다간 히어로들과의 격전이 펼쳐지는 구역으로 보내질 것 같은데······.

내가 그런 생각을 하고 있을 때, 앨리스가 갑자기 멈춰 섰다.

"도착했다. 6호. 저걸 봐. 이게 대체 뭐 같아?"

성의 구석에 놓인 것은 한가운데에 커다란 유리 케이스가 달린 기계였다.

케이스 안은 액체로 가득해, 현재도 가동 중인 것 같았다.

"나, 이게 뭔지 알아. 이 유리 안에 위험한 걸 배양하고 있는 거야. 구체적으로는 호문클루스 미소녀 혹은 누군가의 클론 인간 같은 거 말이야. 앨리스, 이걸 해석해서 스노우의 클론을 만들어 줘. 그러면 갓 태어나서 순수한 스노우를, 파티 회장에 있는 더러운 녀석과 바꿔치기 하는 거야."

"그것도 재미있을 것 같지만, 이건 아무래도 동면용 캡슐 같은 걸. 이 안에 뭔가가 잠들어 있었던 거겠지. 안에 있던 게 정신을 차리고 도망친 건지, 지금은 비어 있는 것 같은데……."

앨리스가 케이스를 만지면서, 그런 말을…….

"아냐, 그럴 리가 없어! 미소녀를 창조하는 장치가 틀림없다고! 아니면 왜 이런 곳에 의미심장하게 방치했겠냐고! 일단 여기저기 만져 보자. 어쩌면 캡슐토이처럼 뭔가 쑥 튀어나올지도 몰라."

"정 하고 싶으면 그렇게 해라. 구조적으로는 생명 유지 장치 같아 보이지만 말이다."

앨리스가 그렇게 말했지만, 나는 끝까지 우기며 그 기계를 만지작거렸다.

하지만 기계가 꿈쩍도 하지 않아서 화가 치민 나는 어이없어하는 앨리스에게 등 너머로 말했다.

"몇백 년 동안 방치되어 있어서 고장이 난 게 분명해. 이런 건 좀 두드려 주면 멀쩡해질 거라고."

"어쩔 수 없지. 만족할 때까지 하고 싶은 대로 해 봐라. 고장 나면 바로 도망칠 테니까, 튈 준비는 해두고 말이다."

그 말을 들은 내가 이 장치를 때리려 한 바로 그때였다.

"멈춰!"

비명에 가까운 목소리가 어둑어둑한 복도에 울려 퍼졌다.

무슨 일인가 싶어 뒤를 돌아보니…….

"이 멍청한 놈들! 갑자기 뭘 하려는 거야?! 그 장치가 얼마나 귀중한 건지 알긴 하는 거냐?!"

따지듯이 그렇게 말하며 나타난 이는 초등학생 정도로 보이는 소년이었다.

꽤 반반하지만 건방져 보이는 동안과 은색 머리, 두 눈의 색깔이 다른 오드아이였다.

왠지, 어디서 본 적이 있는 듯한 외모였다.

"이 꼬맹이는 뭐야? 너, 이 성의 관계자냐? 나는 그레이스 왕국에서 엄청 높은 지위에 있는 전투원 6호 님이다. 외교 문제를 일으키고 싶지 않다면, 말조심하는 게 좋을걸?"

"나는 이 나라의 관계자가 아냐. 그것보다……. 전투원 6호? 너 따위가? 흐음, 가다르칸드는 이딴 녀석에게 진 거구나. 그 녀석도 겉만 번드르르했나 보네."

이 건방진 꼬맹이는 뭐야? 연장자에 대한 예의를 가르쳐 줘야 하나.

아니, 잠깐만 있어 봐. 이 녀석이 방금 뭐라고 했지?

"가다르칸드는 내가 해치운 마왕군 간부의 이름이지? 너 같은 망할 꼬맹이도 알 정도로 유명한 이름이냐?"

소년은 흥 하고 코웃음을 치더니…….

"그래. 하이네에게 들은 대로, 머리는 나쁜 것 같네. 나는 러셀. 마왕군 사천왕, 물의 러셀이 바로 나야!"

그렇게 말하며 자신만만한 미소를 머금은 소년, 러셀은…….

내 아이언 클로에 걸려서 비명을 질렀다.

"어, 러셀, 왜 그래?! 대체 무슨 일……. 아앗, 너, 너는……?!"

마왕군 간부를 자칭하는 꼬맹이에게 따끔한 맛을 보여주고 있을 때, 등 뒤에서 귀에 익은 목소리가 들렸다.

나는 그 목소리의 주인을 뒤돌아보고──.

"잡아~!"

"우와아아아앗?! 잠깐?! 기다……!"

그 자리에는 마왕군 간부, 불꽃의 하이네가 있었다.

왜 이런 곳에 있는지 잘 모르겠지만, 러셀을 내던진 나는 놀란 나머지 꼼짝도 못 하는 하이네에게 태클을 먹였다.

"하하하하하! 네가 왜 이런 곳을 어슬렁거리고 있는지는 모르겠지만, 무방비한 상태에서 방심한 순간에 네 운은 다했어! 어이, 앨리스! 지금 바로 수갑을 보내달라고 해!"

"오케이!"

"안 돼! 어이, 6호! 뭔가 착각했나 본데, 나는 인류를 멸하려는 적이 아니라 마왕님의 사절로서 이곳에 와 있는 거야!"

바닥에 쓰러져 내 밑에 깔린 하이네가 필사적으로 소리쳤다.

"어이, 6호. 수갑이 왔어."

"잘했어, 앨리스. 하이네의 손을 뒤로 돌릴 테니, 수갑을 채워."

"잠깐, 내 말 좀……!"

나는 하이네가 꼼짝도 못 하도록 꽉 끌어안은 후, 두 손을 억지로 등 뒤로 돌리게 했다.

"6호, 수갑을 채웠으니 이제 놔 줘라."

"그러니까 내 말 좀 들으란 말이야! ……저, 저기, 6호? 이미 나를 제압했잖아? 왜, 왜, 호흡이 거칠어진 거야?! 러셀! 러셀! 도와 줘, 러셀!!"

나는 그대로 몸을 돌려, 붙잡고 있던 하이네를 방패로 삼았다.

"크윽?! 러, 러셀……, 너……!"

"하이네?! 아, 아니야! 나는 너를 도우려고……!"

등 뒤에서 살기가 느껴졌기에 하이네를 방패로 삼았는데, 아무래도 러셀이 나를 공격한 것 같았다.

내 방패가 되는 바람에 마법 같은 게 등에 명중한 하이네가 고통 탓에 표정을 일그러뜨렸다.

"이 꼬맹이가 뭐 하는 거야?! 처음 보는 상대를 느닷없이 공격해?! 진짜 빌어먹을 자식이네!"

"대단하다, 6호. 너는 3분 전 행동도 기억 못 하는 거냐."

앨리스가 영문 모를 소리를 늘어놓았지만, 나는 하이네를 방패로 삼으며 몸을 일으켰다.

동료를 상처 입힌 바람에 얼굴이 새파랗게 질린 러셀에게, 나는 방패를 잡고 슬금슬금 접근했다.

"어이, 하이네. 아무리 악의 조직 소속이라도 동료는 가려서 사귀라고. 이 꼬맹이는 초면인 상대를 다짜고짜 공격한 것으로도 모자라, 같은 편인 너도 아무렇지 않게 다치게 했어. 이딴 쓰레기는 지금까지 본 적이 없다고."

"6호, 너는 거울을 한 번……. 아니, 나는 이제 아무 말도 하지 않겠다."

내가 하이네를 위로하자, 또 이해할 수 없는 소리를 중얼거리는 앨리스.

"뭐, 어쨌든 다른 나라의 성에 왔다가 에로 간부를 잡았네. 엄청난 공적일 뿐만 아니라, 즐거운 심문 타임을 가질 수 있겠어. 헤헤헤. 하이네 양~? 적에게 잡힌 여간부가 어떤 짓을 당하게 되는지, 설마 모르는 건 아니지?"

"유유유, 6호, 잠깐만……! 우, 우리는 진짜로……! 그리고, 아까부터 네 손이 내 가슴에 있는데……!"

하이네가 몸을 비틀 때마다, 악행 포인트가 가산되었다는 안내 음성이 내 머릿속에 울려 퍼졌다.

"잘했다, 6호. 너는 이대로 밑바닥까지 추락해 버려라. 나에게, 교활하고 비겁한 소인배의 진수를 보여줘라."

울상을 지은 채 떨고 있는 하이네와 옆에서 시끄럽게 떠드는 앨리스를 무시한 나는 러셀을 보았다.

"그런데, 너는 대체 뭐야? 마왕군은 이렇게 비겁하고 교활한 꼬맹이를 간부로 삼아야 할 만큼 인력이 부족한 거냐?"

"뭐, 뭐어?! 비겁하니 교활하니, 너 같은 인간한테는 듣고 싶지 않아!"

《악행 포인트가 가산됩니다.》

러셀은 참을성이 부족한 건지, 얼굴을 붉히고 반론했다.

"빨리 하이네를 돌려줘! 네 이야기는 들었어. 난공불락으로 유명한 다스터의 탑을 공략하고 가다르칸드를 쓰러뜨렸다며? 그것도 전부 비겁한 수단을 동원한 거 아니야?!"

"그만해, 러셀! 이 남자를 도발하지 마! 그리고 6호, 너는 왜 말을 할 때마다 내 몸을 더듬는 거야?! 앗, 그만해!"

《악행 포인트가 가산됩니다.》

나는 하이네를 꼭 끌어안고, 허리춤에서 총을 뽑아 들었다.

"잘 들어, 꼬맹이. 나는 이 세상에 넘치는 간부 중에서도, 너 같은 어린애 간부만은 절대 받아들일 수 없어. 어차피 '저기, 이 자식을 내 장난감으로 삼아도 돼?', '아아, 재미없어. 질렸으니까 망가뜨려야지.' 같은 소리나 늘어놓을 거잖아? 나는 안다고."

"그런 적은……! 진짜 가끔 말할 뿐이야! 이제 그만 하이네를 놔! 나와 싸우고 싶다면 상대해 줄게. 그러니까 더는 내 동료를 건드리지 마!"

《악행 포인트가 가산됩니다.》

아무래도 이 녀석은 내가 손에 쥔 게 무기인 줄 모르는 것 같다.

적의 간부라고는 해도 어린애를 죽이는 건 내키지 않지만, 나는 악의 조직원이니 어쩔 수 없다.

내가 러셀을 총구로 겨누며 방아쇠를 당기려던 바로 그때…….

"어이, 6호. 내 말을 들어! 우리는 이 나라에 정식 사절로 온 거야. 그런 우리를 공격했다간, 너희 나라와 이 나라의 관계가 삐거덕거릴걸?! 그리고 내 가슴 좀 주무르지 마!"

인질이 된 하이네가 필사적으로 호소하는 가운데, 포인트 가산을 알리는 안내 음성이 들렸다.

6

"어이! 이 아저씨야! 이게 어떻게 된 건지 설명해! 이 자식, 키사라기를 얕보는 거냐?! 배신자는 용서치 않는다고, 짜샤!!"

"무무무, 무슨 일이지?! 위병! 위병!"

파티장으로 돌아온 나는 엔겔에게 따졌다.

"무슨 일인지 몰라서 그러냐, 이 아저씨야! 너희 나라는 마족에게 수정석이라는 걸 파는 거냐? 아앙? 그리고 그 자식들과 동맹을 맺어? 오호라, 마족과 손을 잡고 우리 나라에 쳐들어오려는 거지? 아앙?"

"오호라, 이 성에 머무는 하이네 님과 만난 건가. 자네는 6호라고 했지? 내 이야기를 들어보게."

무릎이 안 좋은 건지 파티장 한가운데에 놓인 호화로운 의자에 앉아서 스노우에게 시달리고 있던 엔겔이 나를 달래려는 듯이 고개를 저었다.

그 말을 들은 스노우가 흠칫 놀라며 엔겔에게 따졌다.

"엔겔 님, 이게 대체 어떻게 된 겁니까?! 그것보다, 왜 이 성에 불꽃의 하이네가 있는 거죠?! 6호의 말이 사실이라면, 우리 나라에서도 입 다물고 있지는 않겠습니다!"

"스노우 경, 그 일은 이제부터 설명하지. 6호 님이 말한 것처럼 마족과 동맹을 맺으려는 건 아니라네. 정확하게는 불가침 조약이지. 마족도 우리와 대화할 있을 뿐만 아니라, 지능도 뛰어나지. 그들과 협상해 보니, 의외로 말이 통하더군."

오호라, 이 아저씨는 기회주의자인가.

생각해 보니 지구에도 이런 나라가 몇 군데 있었다.

키사라기가 악의 조직임을 알면서도 명확하게 적대하지 않았고, 입장을 명확하게 밝히지 않으면서, 승패가 갈리려고 하면 승자에게 붙는다.

그것이 외교지만, 그런 나라는 대부분 끝이 좋지 않았다.

나중에 이런저런 트집을 잡혀서 불평등 조약을 맺고, 결국 나라를 빼앗기는 것이다.

우리가 그렇게 해 왔으니 틀림없다.

"물론 귀국과 적대할 생각은 없다네. 애초에, 마족이 전쟁을 일으킨 이유는 알고 있나? 거대 마수【모래의 왕】이 국토를 침식하는 바람에, 다른 선택지가 없었다더군. 우리 나라가 징검다리 역할을 할 테니, 귀국도 마족들과 화해하는 게 어떻겠나?"

엔겔은 그렇게 말하면서 동정하듯 고개를 저었지만, 스노우는 언성을 높이며 따졌다.

"모래의 왕이 존재하는 이상, 마족의 나라는 결국 거주할 수 있는 토지를 잃고 맙니다! 토지를 원하는 그들과 화해하는 건 불가능해요!"

모래의 왕이란 것이 뭔지는 모르지만, 아무래도 그 녀석이 있으면 마족의 나라는 이윽고 사막이 되고 마는 것 같다.

그렇다면 새로운 토지를 얻기 위해서는 다른 나라를 침략할 수밖에 없다.

그렇다. 이 행성을 침략하러 온 우리처럼.

"그렇지 않아. 너희가 마음만 먹는다면, 우리는 전쟁을 그만둘 수도 있어."

그 말을 듣고 파티 회장의 입구를 보니, 아직 수갑이 채워진 하이네가 그곳에 서 있었다.

그러고 보니 저 녀석의 이야기를 들은 후, 수갑을 풀어 줄 새도 없이 바로 여기까지 뛰어왔다.

"네놈! 뻔뻔하게 화해를 말하나! 일전의 전쟁에서 얼마나 많은 병사가 죽었는지 아느냐! 다들 좋은 녀석이었다. 함께 공금 횡령을 노렸던 히스……. 나한테 뇌물을 바쳤던 모레크……. 그리고 무엇보다, 네놈이 내 애검 아이스베르그를 녹인 것은 똑똑히 기억한다!"

머리끝까지 피가 치솟은 스노우가 그냥 넘길 수 없는 소리를 떠는 가운데, 하이네가 요염한 미소를 머금으며 엔겔의 옆에 섰다.

"우리도 가다르칸드를 잃었으니까, 피장파장 아닐까? 게다가 엔겔 님이 협력해 준 덕분에 모래의 왕도 어떻게 될 것 같아. 이 나라의 고대 유적에는 모래의 왕에 대항할 물건이 있는 것 같거든. 우리가 여기에 온 것도 그 유적을 조사하기 위해서야."

고대 유적?

그게 티리스가 말한 유적인 걸까?

내 의문에 답하듯, 엔겔이 설명을 이었다.

"즉, 모래의 왕만 어떻게 한다면 마왕군이 우리와 싸울 필요는 없네. 어떤가, 스노우 경. 우리 나라는 배신한 것이 아니라, 한때 밀리고 있던 그레이스 왕국을 도우려고 제안한 거라네. 하지만……."

곧 안타까워하듯 표정이 어두워지더니…….

"하지만 스노우 경에게는 우리의 성의가 전해지지 않은 것 같군. 아니, 그뿐만 아니라 우리 나라를 협박할 줄이야……."

엔겔이 그렇게 말하며 고개를 숙이자, 스노우는 말문이 막혔다.

하이네는 그런 엔겔의 옆에서 놀리듯 미소를 머금었다.

"엔겔 님에게 들었어. 너희는 수정석 수입을 중지했다며? 우리는 팔 데가 없어 난처해하던 토리스의 수정석을 사 줬어. 그런데 이제 와서 다시 수출을 재개해달라고 부탁하러 온 거야?"

아하, 우리한테 못 판 수정석을 마왕군 녀석들이 사겠다면서 접근한 건가.

"스노우라고 했지? 후훗, 태도가 강경해 보이는데 괜찮겠어? 최악에는 마왕군과 토리스를 모두 적으로 만들지도 모르거든?"

"으……. 크, 크윽……!"

상황이 불리하다는 것을 눈치챈 스노우는 이를 갈았다.

하지만 무슨 생각인지 엔겔의 팔을 잡고 몸을 밀착하는데…….

"엔겔 님은 그레이스 왕국을 선택해 주실 거죠? 아까는 말이 다소 심했습니다만, 저희는 엔겔 님을 믿어 의심치 않습니다. 자아, 우호의 증표로, 저와 친분을 쌓으시죠!"

"너, 너, 나라를 위해 그렇게까지 하는 거야?! 에, 엔겔 님, 저도, 당신과 친분을……."

느닷없이 엔겔 님 쟁탈전이 발발했다.

뭐야. 이거 아니잖아.

"어이, 하이네! 너, 엔겔 님에게 미인계를 쓰는 것이냐?! 그러고도 마왕군 간부라고 할 수 있겠느냐?! 부끄러운 줄 알아라!"

"그, 그러는 너도 미인계를 쓰고 있잖아! 에, 엔겔 님과는 내가 먼저 만났어! 그러니까 네가 물러나! 엔겔 님, 저를 선택해 주실 거죠?! 그렇죠?!"

여러모로 이상하잖아. 완전히 잘못됐다고.

이런 식으로 미녀들에게 애정 공세를 받아야 하는 건, 저 아저씨가 아니라 나란 말이다.

엔겔은 하렘물 주인공 같은 상황에 부닥쳤지만, 딱히 좋아하지 않으며 차분한 표정으로 말했다.

"두 사람의 마음은 기쁘지만, 이런 것으로 외교적 중대사를 결정할 수는 없다네."

"대체 어떻게 된 거죠?! 제가 들은 엔겔 님의 소문과는 너무 다르지 않습니까!"

"어제만 해도 내 가슴을 그렇게 뚫어지게 쳐다봤으면서, 왜 지금은 해탈한 듯한 표정을 짓고 있는 거야?! 이 짧은 시간 동안 무슨 일이라도 있었어?!"

엔젤은 현자가 된 듯한 표정을 지으며, 두 사람의 미인계에 전혀 휘둘리지 않았다.

"이유는 몰라도 이 파티가 시작하기 직전에, 갑자기 마치 다시 태어난 듯한 기분이 들어서 말이지. 지금껏 나는 대체 왜 그토록 여자밖에 모르는 속물이었나, 정말이지 나 자신이 싫어졌다고 할까⋯⋯."

"엔젤 님, 진짜로 어떻게 된 거죠?! 티리스 님께서 이야기해 주신 인상과는 너무 다르지 않습니까!"

"어젯밤에만 해도 그렇게 나한테 성희롱 발언을 해댔으면서, 갑자기 이런 태도를 보이는 게 영 석연치 않거든?!"

엔젤은 두 사람에게 애정 공세를 받으면서도 전혀 반응을 보이지 않았다.

같은 남자가 보면 이가 갈릴 정도로 부러운 상황인데, 어쩌면 이 아저씨는 의외로 범상치 않은 인물인 걸지도 모른다.

하지만⋯⋯.

"엔젤 님! 이 스노우, 성격에 문제가 있어도 얼굴과 몸매는 자신 있습니다! 역시 마족 따위보다, 동족인 인간이 낫지 않을까요?!"

돈줄을 놓치지 않겠다는 듯이, 스노우는 눈에 핏발을 세우고 애정 공세를 펼쳤다.

자기 성격에 문제가 있다는 건 아는 건가.

"뭐?! 에, 엔젤 님! 이 하이네는 의외로 헌신하는 타입이며, 그, 그러니까…… 으으…………."

그런 스노우에게 질린 듯한 하이네도 지지 않겠다는 듯이 벌게진 얼굴로 미인계를 감행했다.

하지만 그 두 사람에게 애정 공세를 한 몸에 받는 당사자는…….

"이런, 곤란한 아가씨들이군. 내가 이렇게 흥미가 없다고 말하는데 말이야……."

성욕이 없는 주인공 같은 소리를 하다가, 나를 힐끗 보고 의기양양하게 쓴웃음을 짓는데…….

패배감이란, 이런 걸 일컫는 말이리라.

한정품 판매 줄에 섰지만, 내가 구매하기 직전에 매진됐을 때.

키사라기의 간부가 목욕 중이라는 말을 듣고 훔쳐보러 갔다가, 우락부락한 타이거맨의 알몸을 봤을 때.

나보다 늦게 들어온 전투원들이, 나를 추월하며 차례차례 출세했을 때.

그리고 히어로에게 일방적으로 당했을 때.

하지만 그런 일들이 사소하게 느껴질 정도로, 눈앞에 있는 남자를 상대로 느낀 패배감은 엄청났다.

"6호, 왜 그러냐? 뭔가를 각오한 듯한 표정인걸. 또 한심한 짓을 꾸미고 있는 건 아니겠지?"

그런 나를, 앨리스가 뒤에서 손으로 찔러 주의를 줬지만…….

"미안해, 앨리스. 내가 지금부터 무모한 짓을 할 건데, 지켜봐주겠어? 남자는 꼭 해야 할 때가 있는 법이야."

"잘 모르겠지만, 나는 네 파트너이자 같은 조직의 동료다. 네가 그 어떤 악행을 저지르든, 끝까지 함께할 테니 안심해라."

내 각오를 눈치챈 앨리스는 그런 찡한 소리를 했다.

괜찮아. 나에게는 믿음직한 동료가 있어.

어떤 일이 벌어지든, 어떻게든 해 줄 것이다.

"마왕군 간부 하이네, 처음 봤을 때부터 네가 거슬렸다! 쓸데없이 커다란 찌찌를 흔들고 남자들에게 아양을 떠는 그 모습! 캐릭터만 나와 겹치는 줄 알았더니, 같은 남자를 노리기까지……!"

"흔든 적 없고, 아양 떤다는 말도 실례거든?! 그리고 너 따위와 캐릭터가 겹친다는 말 자체가 납득이 안 돼! 나는 너처럼 욕심쟁이가 아니란 말이야!"

자기를 차지하기 위해 머리채라도 잡을 듯한 두 사람의 옆에서, 당사자는 여전히 여유로운 표정을 짓고 있었다.

나는 엔젤에게 다가가…….

"엔젤 나리. 분위기가 좀 나빠진 것 같으니, 제 장기자랑을 좀 해도 될까요?"

"장기자랑? 호오, 자네는 전투 쪽으로 우수하다고 스노우 경에게 들었는데, 그런 것도 할 줄 아나. 그럼 파티의 분위기를 띄워다오."

형세가 역전해서 그런지, 엔젤의 말투가 어느새 변했다.

딱히 기대하지 않는 기색인 엔젤에게 허락을 얻은 후, 나는 다른 이들의 주목을 받으며…….

"너 따위는, 일전에 나와 싸웠을 때 6호의 명령으로 외설적인 자세를 취했던 변태지! 엔겔 님, 이렇게 조신하지 못한 여자는 관두는 편이 좋을 겁니다. 그 점에서 저는 아직 유니콘에 탈 수 있는 깨끗한 몸이라서……!"

"허, 헛소리하지 마! 내가 좋아서 그딴 자세를 취한 것 같아?! 너희 쪽의 6호가……!"

점점 흥분하는 두 사람을 아랑곳하지 않고, 나는 의아해하는 엔겔의 뒤로 갔다.

"음? 그래서는 내가 6호 님의 장기자랑을 볼 수 없겠는데?"

그 말을 한 귀로 흘리면서 바지 지퍼에 손을 대는 나를 보고, 무엇을 하려는 건지 눈치챈 거겠지.

"어이, 6호. 너, 설마……."

안드로이드 주제에 당혹스러운 표정을 짓는 앨리스의 목소리를 들으며――!

"그럼 갑니다, 나리. 이건 우리 나라에서 전해지는, 아마도 가장 유명할 필살 장기자랑……!"

"――ㅇㅇㅇ 상투머리!"

《악행 포인트가 가산됩니다.》

【선전포고】

귀국에서 파견한 사절이 오랜 우호국에 보인 위압적 태도 및 엔젤 왕자에게 범한 무례한 행위는 간과할 수 없기에, 우리 토리스 왕국은 이 포고 문서를 통해 그레이스 왕국에 전쟁을 선포한다.

또한, 대사의 귀국과 수정석 수출 중단 및 각종 경제적 제재 조치도 행하겠다.

그레이스 왕국에 사죄의 뜻이 있다면, 해당 사절 두 명의 신병을 인계하기 바란다.

거절한다면 귀국에 대한 무력행사도 불사할 것이며, 피로 보복할 것을 이 자리에서 밝힌다.

COMBATANTS WILL BE
DISPATCHED!

전투원,

ILLUSTRATION
아카츠키 나츠메 카카오 란탄
NATSUME AKATSUKI KAKAO LANTANUM

파

견

합니다!

3장 육식형 여자 키메라

1

그레이스 왕국의 알현실.

"……스노우, 고개를 드세요."

"………………예."

왕은 아직 잡히지 않은 건지, 왕좌에 앉은 티리스가 부들부들 떨고 있는 스노우에게 명령을 내렸다.

토리스에서 무사히 탈출……이 아니라 귀국한 우리는 경과를 보고했다.

그 결과, 스노우는 아까까지 온화한 미소를 짓고 있던 티리스와 시선을 맞추지 않기 위해 바닥에 넙죽 엎드리듯 고개를 조아리고 있었다.

스노우가 머뭇거리며 고개를 들자…….

"어이, 스노우. 이미 지나간 일을 후회해 봤자 소용없다고. 이제 그만 홀홀 털어버려."

"네놈은 정말, 네놈은 정말, 네놈은 정마아아아아아아알~!!"

내 위로를 들은 스노우가 벌떡 일어서며 나에게 달려들었다.

──그때 내가 선보인 필살 장기자랑은 파티 참가자들의 시간을 정지시켰고, 그 자리에 있던 기사들을 버서커로 변질시켰다.

앨리스가 엔겔을 인질로 삼는다는 기지를 발휘한 덕분에 어찌어찌 성을 탈출한 우리는 이렇게 귀국했지만…….

"설마 우호의 사절로 스노우를 보냈다가, 선전 포고를 받을 줄은 생각도 못했군요."

티리스는 그렇게 말하며 웃었지만, 말투와 달리 눈은 전혀 웃고 있지 않았다.

"티리스 님! 아닙니다! 저는 엔겔 님을 함락하기 직전까지 상황을 이끌어갔어요! 이 스노우, 설령 유니콘을 탈 수 없는 몸이 된다면 토리스가 우리 나라에 빚을 질 뿐만 아니라 저는 호사를 누리며 살 수 있을 거라는 생각에 온몸을 바쳐 유혹했습니다만……!"

"그, 그랬군요. 다소의 미인계는 기대하고 있었지만, 그 정도의 각오인 줄은 몰랐어요……."

티리스가 질린 듯한 반응을 보이자, 스노우는 나를 손으로 가리키며 호소하듯 외쳤다.

"그런데 이 남자가……! 6호, 네놈은 왜 그런 멍청한 짓을 벌인거냐?! 대체 어떤 마음의 병을 앓으면, 왕자의 머리에 그딴 걸 올려놓을 수 있냔 말이다!"

"멍청한 짓은 무슨! 그건 우리 나라에 전해지는 전통적인 장기자랑이야. 나라가 다르면, 문화도 다르지. 세상은 참 넓다고. 모든 걸 네 상식이란 틀에 맞출 수 있을 거라고 생각하지는 마."

그래도 좀 잘못했다는 생각이 들었기에, 나 또한 반성의 뜻을 드러내기 위해 무릎을 꿇고 있었다.

"유, 6호 님은 왜 그런 장기자랑을 선보인 건가요……?"

"짜증이 나서 그랬어. 좀 반성하고 있긴 해."

"진심을 담아 사과하란 말이다!"

이미 벌어진 일인 만큼, 이제 그만 용서해 줬으면 좋겠다.

"선전 포고문에는 엔겔 님에게의 무례한 행위뿐만 아니라, 위압적인 태도를 보였다고 적혀 있는데 말이죠……."

선전 포고문을 쳐다보던 티리스가 스노우를 힐끔 쳐다보았다.

"앗, 그건 이 녀석이 한 거야! 이 여자가 그 아저씨를 협박했다고! 게다가 그쪽 외교관에게 뇌물을 요구우웁……!"

"이, 이 놈! 아닙니다, 티리스 님! 위압적인 태도가 아니라, 무력을 배경으로 협상을 유리하게 이끌어가려고 했을 뿐이라고나 할까요……! 게다가 뇌물을 요구하다니, 당치도 않습니다! 그건 상대방을 흔들어서 반응을 살피려는 외교적 책략이었어요!"

내 입을 막고 지리멸렬한 변명을 늘어놓는 스노우.

하지만 티리스는 그런 스노우를 왕좌에서 내려다보더니…….

"근위기사단 대장, 스노우. 당신을 기사단 대장에서 해임하겠습니다. 배속처는 지금 그대로, 소대장 보좌에 힘쓰세요."

"아아아아…… 원래 지위로 겨우 돌아갔는데, 또 강등을……."

스노우가 눈물을 줄줄 흘리는 가운데, 티리스는 한숨을 내쉬며 입을 열었다.

"하아, 곤란하게 됐군요……. 6호 님, 대체 어떻게 할 생각이죠? 이번 건의 책임은 전적으로 우리 나라에 있어요. 전쟁이 벌어지더라도, 주변 국가는 토리스의 편에 설 테죠……."

"앨리스의 의견인데, 토리스가 마왕군과 불가침 조약을 맺은 걸 주변 국가에 퍼트리래. 그걸 이유로 인류의 적 취급을 하면서, 우리는 그딴 짓을 한 적 없으니 이건 말도 안 되는 트집이라고 우기며 규탄하라더라고."

티리스는 그 말을 듣고 움찔하더니…….

"저도 남 말 할 처지는 아니지만, 앨리스 양도 만만치 않군요. 하지만 주변 국가에는 그런 식의 설명으로 충분하겠죠. 토리스가 마왕군과 불가침 조약을 맺은 건 사실이니까요……."

약간 질린 듯한 반응을 보이면서도, 그 제안을 승낙했다.

주변 국가에 그렇게 이야기해 두면, 일방적으로 우리가 악역이 되는 일은 없을 거라고 앨리스가 예상했다.

"토리스도 전쟁 준비가 필요할 테니, 금방 침략하지는 않겠죠. 이렇게 되면 어쩔 수 없군요. 방어를 굳히고, 마왕군과 토리스의 공격에 대비하죠."

마음을 정리한 듯한 티리스가 진지한 표정을 풀더니…….

"그건 그렇고, 큰일이네요……. 이 상황에서 물을 어떻게 확보하죠……."

그렇게 말하면서, 수심에 찬 표정을 짓는데…….

이를 본 스노우가 그 말을 기다렸다는 듯이 고개를 들었다.

"티리스 님, 그 점에 관해서는 저한테 생각이 있습니다! 이 남자는 자신의 나라에서 물건을 가져올 수 있다더군요. 그러니 대량의 물을 보내 달라고 하는 겁니다! 일이 잘 풀린다면, 저를 다시 원래 지위로 되돌려주셨으면 합니다만……."

"헛소리하지 마. 한 나라에 필요한 물을 확보하려면 포인트가 얼마나 드는지 알아?! 애초에 네가 그 아저씨를 함락하지 못해서 일이 이렇게 된 거잖아! 네 장점이라고는 야한 몸뚱이밖에 없으니까, 그딴 일이라도 좀 제대로 하라고!"

내 말을 들은 스노우의 눈썹이 번쩍 서더니……!

"오냐오냐 하니까 정말! 누구 탓에 내가 강등을 당했는데!"

"엉? 뭐라고 짜샤? 한판 뜰까?! 나는 강한걸?!"

드잡이질을 시작한 우리가 한심하다는 듯 티리스가 한숨을 내쉬었다.

한편, 나와 양손을 맞잡은 자세로 힘겨루기를 하던 스노우가 퍼뜩 뭔가를 눈치챈 것처럼…….

"그렇지! 티리스 님, 그러고 보니 비를 내리게 하는 아티팩트를 쓸 수 있는 상태입니다! 폐하를 찾지 못했으니, 티리스 님께서……!"

"그건 그렇고, 큰일이네요……. 이 상황에서 물을 어떻게 확보하죠……."

스노우의 말을 깔끔하게 무시한 티리스가 아까와 같은 말을 되풀이했다.

나는 스노우와 씨름하면서, 목소리를 낮춰 소곤소곤 말했다.

(야, 스노우. 내가 티리스를 붙잡을 테니까, 네가 사람들을 모아. 이건 티리스를 배신하는 게 아니야. 이 나라를 위해 어쩔 수 없이 이러는 거라고. 안뜰에 백성들을 모은 다음, 이제부터 티리스가 아티팩트를 작동할 거라고 선전하면…….)

(오호라, 물러서지 못하게 만들자는 건가! 그래. 이건 배신이 아니라, 이 나라를 구하기 위한 숭고한 행위다. 티리스 님도 나중에 이해해 주시겠지…….)

"좋은 생각이 났어요!"

숙덕거리는 우리의 대화를 방해하듯, 티리스가 상기된 목소리로 그렇게 말했다.

왠지 티리스가 다급해 보이는 건 내 착각일까.

"기사 스노우, 당신에게 임무를 맡기겠어요."

내 시선을 눈치챈 티리스는 표정을 굳히더니, 무릎을 꿇고 명령을 기다리는 스노우를 향해 말했다.

"모래의 왕이 자기 영역으로 삼고 있는 불모의 땅, 테잔 사막. 그 사막의 한복판에 나무가 무성히 자라고 있다는 건 알죠? 그리고, 그 나무에 열리는 열매가 어떤 효과를 지녔는지도 말이에요."

"예! 물의 열매라 불리는 그것은 손톱만 한데도, 짜면 풀장 하나를 가득 채울 정도의 수분을 내포하고 있다고……. 어…… 저, 저기…… 티리스 님? 설마……."

새파랗게 질린 얼굴로 떨고 있는 스노우에게, 티리스는 진지한 표정으로 단호하게 말했다.

"가져와요."

2

"싫어요, 싫어요, 싫어요~! 모래의 왕은 마왕도 도망치게 하는 대마수잖아요! 그딴 녀석의 영역에 들어가는 건 자살행위예요!"

울음이 터진 로제가 마을 성문을 붙잡고 매달렸다.

"괜찮다, 로제. 모래의 왕과 싸우려는 게 아니니 말이다! 그리고 그 녀석은 낮에만 활동한다는구나. 밤에 몰래 갔다가 바로 돌아올 거다! 알았지? 돌아오면 맛있는 고기를 사주마!"

"야! 나도 휘말렸으니까 포기해! 스노우가 맛있는 고기를 사 준다면, 나는 진귀한 과자를 줄게! 사탕 먹어 본 적 있어? 사탕 말이야! 그리고 지난번 임무 실패는 우리 소대 전원의 연대 책임이라고! 이제 와서 혼자만 도망치게 둘 것 같냐!"

스노우와 내가 설득해 봤지만, 로제는 성문에 손톱을 박아넣으며 한사코 떨어지지 않으려 했다.

"맛있는 것만 주면 제가 시키는 대로 할 거라고 생각 마세요! 그리고 연대 책임이라고 해도, 저는 아무것도 안 했잖아요! 그리고 사탕이 뭔가요?! 일단 어떤 과자인지만 알려줘요!"

눈가에 눈물이 맺혔지만 의외로 여유가 있어 보이는 로제를 향해, 앨리스가 뭔가를 내밀었다.

"두 사람이 맛있는 걸 준다면, 나는 파워 업 아이템을 주지. 자, 이게 뭔지 알겠어?"

로제는 약간 흥미가 생긴 건지, 울음을 그치며 물었다.

"……뭔데요?"

"이 녀석은 건전지라는 건데, 전기 에너지 덩어리지. 자아, 시험 삼아 먹어봐. 전기 브레스를 뿜을 수 있을지도……."

"그딴 건 안 먹어요! 딱 봐도 먹는 게 아니잖아요!"

로제가 고개를 돌리자, 나와 스노우는 시선을 교환한 후…….

"자, 편식은 좋지 않다. 내가 직접 먹여 주마. 이 녀석을 먹고 강해지면, 모래의 왕도 무섭지 않을 거다. 부탁이다, 로제. 아~ 하고 입을……."

"큭! 이, 이 녀석, 내 전투복의 힘에 저항하다니, 제법인걸……! 하지만 포기해! 너는 오늘부터 괴인 전기 키메라의 이름으로 살게 해 주마……!"

"갈게요, 가겠어요! 저도 갈 테니까, 그딴 걸 먹이려고 하지 마세요!"

버기를 탄 우리는, 야간 투시 기능이 있는 앨리스가 운전하는 가운데 어두운 밤길을 하염없이 달렸다.

"흑, 흑……. 돌아오면, 맛있는 고기와 사탕을 주세요……. 약속한 거예요……."

훌쩍거리는 로제의 옆에서, 낮은 중얼거림이 들려왔다.

"용서하지 않아……. 용서 못 해……. 나와 그토록 즐겁게 이야기했으면서도 실은 약혼자가 있었던 하멜도, 그토록 나를 상냥하게 대했으면서 기혼자였던 길버트도, 울면서 날뛰는 나에게 드레스가 더러워질 거라고 말하며 손을 내밀어 줬지만 사실은 동성애자였던 아이작도, 그 나라의 남자들은 전부 용서 못 해……!"

우리가 떠드는 사이에 일찌감치 버기에 탄 그림은 토리스에서의 남자 사냥이 실패한 것 때문에 아직도 앙심을 품고 있는 것 같았다.

멋대로 좋아해 놓고 참 자기 중심적인 소리지만, 이 폭탄녀한테는 그런 정상적인 논리가 통하지 않는 것 같았다.

그러고 보니…….

"어이, 그림. 너한테 물어볼 게 있는데 말이야."

나는 이 녀석에게 물어볼 게 있었다.

"뭐야, 대장. 나는 지금 마왕군보다 살기등등하고, 블러드 더 헤지혹보다 날이 서 있으니까 조심해. 한심한 질문을 하면 확 저주를 걸 거야."

"그 저주를 물어보려는 거야, 연속 퇴짜녀. 미, 미안해. 퇴짜녀는 좀 심했어! 뚫어지게 쳐다보며 인형을 움켜쥐지 마! 무섭다고!"

그렇다. 물어보고 싶은 건 저주에 관한 것이다.

토리스에 갔을 때, 왕자님의 상태가 좀 이상했다.

아니, 이상하다기보다는 사전에 들었던 평판과 정반대 성격이었던 것이 신경 쓰였다.

그리고 그 관련으로 마음에 걸리는 점이 있다.

"뭐야. 혹시 누군가한테 저주를 걸고 싶은 거야? 어머나, 사실은 나도 누군가한테 저주를 걸고 싶은 기분이야. 대장, 어떻게 할래? 이 임무를 마친 후에, 나와 함께 무차별 저주 데이트를 하지 않겠어?"

"그딴 짓 안 해. 그리고 무차별 저주는 또 뭐야. 너, 차일 때마다 남들한테 저주를 걸어댄 건 아니지?"

나는 무릎을 끌어안은 자세로 고개를 갸웃거리는 그림에게 말했다.

"너, 토리스 성에서 나한테 저주를 걸었지? 고자가 되는 저주 말이야. 그 저주의 대상인 내가 그걸 피한 경우에는 어떻게 돼? 제물로 바친 반지는 없어졌잖아."

"저주는 원래 피할 수 있는 게 아냐. 일전에 마왕군 간부 하이네에게 저주를 걸었을 때, 걔는 골렘을 방패 삼아 숨었어. 즉, 마법으로 유사적인 생명을 불어넣은 존재를 벽으로 삼는다면 몰라도, 보통은 생물에게 명중해서 저주가 발동하지 않는 한⋯⋯."

내 질문에 답하려다 말을 멈춘 그림의 낯빛이 점점 새파랗게 질리기 시작했다.

"그 저주는 대체 어디 간 거야?"

"어디 놀러 간 것 아닐까?"

시선을 피하는 그림의 머리를 움켜쥔 나는 귓속말로 물었다.

"너, 토리스 왕자의 평판이나 소문을 들은 적 있어?"

"없어. 나, 친구는 로제밖에 없거든. 소문 같은 건 몰라."

아무렇지 않게 충격 발언을 하는 그림에게.

"그 아저씨는 원래 엄청난 호색가에 미녀에 환장했다더라고. 스노우도 그걸 듣고 엄청 애정 공세를 펼쳤는데, 어떻게 된 건지 전혀 관심을 보이지 않더란 말이지…………."

거기까지 말한 내 입술에 검지를 댄 그림이 미소를 머금었다.

"저기, 대장. 둘만의 비밀이란 말에 관심 없어?"

나는 그 손을 쳐냈다.

"관심 없거든?! 다들 내 말 좀 들어봐! 이 여자, 완전히 돌았어! 말도 안 되는 짓을 저질렀다고!"

"대장, 잠깐만! 정말 내 저주인지는 모를 일이잖아! 다른 이유가 있을지도 몰라!! 우연히 그 아저씨가 컨디션이 나빴다거나! 아니면 스노우가 매력이 없었다거나!"

"어이, 그림. 방금 그냥 넘길 수 없는 말을 했겠다! 내 매력이 뭐 어쨌다고?!"

그 아저씨, 그림의 저주에 걸려서 고자가 된 거냐!

"아무리 나라도 질리겠거든?! 스노우의 욕심과 깊은 업보에 질릴 때도 있지만, 네가 한 건 절대로 해선 안 되는 짓거리라고!"

"이, 이렇게 생각하면 어떨까?! 나는 스노우의 정조를 지켰어! 그래! 그대로 됐으면 스노우는 유통기한 직전의 반찬처럼 자기 몸을 헐값에 팔아넘겼을 거야! 여자애는 말이지? 자기 몸을 소중히 여겨야 하거든?!"

궁색한 변명을 하는 그림에게.

"하지만 너는 나한테 팬티를 보여줬잖아."

"그, 그건……! 그, 그때는 대장이 우량 매물이라고 생각했어! 젊은 나이에 소대를 맡았잖아! 설마 돈 관리도 못 하고 출세와도 인연이 없는 인간 말종일 줄은……."

…………….

"애초에 여자애는 자기 몸을 소중히 여겨야 한다니……. 너는 여자애라고 불릴 나이가——."

"위대하신 제나리스 님, 이 남자에게 재앙을!! 자위 행위를 못 하는 몸이 되어……."

"하지 마! 그 저주가 발동되면 네 몸으로 책임을 지게 하겠어!"

내가 허둥지둥 그림을 말리고 있을 때, 옆에서 웃음소리가 들려왔다.

모래의 왕의 영역에 들어가야 하는 이 비상시국에 뭐가 그렇게 우스운 건가 싶어 고개를 돌려보니, 로제가 즐겁게 웃고 있었다.

"대장님. 모래의 왕은 무섭지만, 이렇게 다 같이 시끌벅적하게 떠드는 건 싫지 않아요. 왠지 소풍 같네요!"

순진무구한 말을 듣고 독기가 빠져 버린 나와 그림은 서로를 보며 쓴웃음을 지었다.

3

"저기, 로제. 아까 소풍 가는 기분이라고 했지? 진짜야? 이걸 보고도 그런 말을 할 수 있어?! 그딴 느긋한 소리를 늘어놓은 건 요 입 맞지?!"

"아, 아야야! 잘모해써요, 잘모해써요!"

우리가 탄 버기는 개미귀신처럼 생긴 거대 생물의 아가리에 잡혀 있었다.

"어이, 멍청한 짓 하지 말고 어떻게 좀 해봐! 이 큼지막한 건 대체 뭐냐고!"

한밤의 어둠을 조명으로 비추자, 그로테스크하게 생긴 벌레들의 모습이 보였다.

나는 비스듬하게 들린 차체에서 떨어지지 않게 좌석을 움켜쥐면서, 로제의 볼을 당기고 있는 그림에게 말했다.

"이 녀석은 휴지 앤트리온! 테잔 사막에 개미지옥을 만들고 살다가, 지나가던 생물을 포식하는 흉악한 마수야! 이런 건 가련하고 가녀린 그림 양이 상대할 적이 아냐! 그리고 나는 벌레를 싫어한단 말이야!"

"아파, 아프딴 마리야!"

그림은 로제의 볼을 잡아당기는 손에 더욱 힘을 줬다.

"어어, 어떻게 하지, 6호? 싸울 거냐?! 이 녀석들은 상당한 강적이다! 강등된 나로선, 공적이 탐나기는 하다만……!"

"나도 공적을 쌓고 싶지만, 이딴 녀석을 상대하는 건 싫어! …… 맞아, 살충제야! 키사라기에 강력 개미 살충제, 벌레꼴깍을 보내 달라고 하자! 그걸로 이 녀석을……!"

내가 패닉에 빠져 단말을 조작하려고 하자, 기어를 조작하던 앨리스가 이렇게 말했다.

"이렇게 큼지막한 녀석을 해치우려면 얼마나 많은 살충제가 필요한지 알기는 해? 액셀 밟을 거니까, 다들 꽉 잡아라. 키사라기 제 차량은 고성능이지. 이딴 벌레한테 지지 않는다."

같은 기계로서 생각하는 바가 있는 건지, 앨리스는 버기의 액셀을 밟아 가속시켰다.

고속으로 회전하는 타이어에 몸이 갈려 나간 거대 생물은 결국 아가리를 벌렸다.

부드러운 모래 위를 달리며 개미지옥에서 탈출한 차 안에서, 안도의 한숨 소리가 들려왔다.

『어이, 앨리스. 대삼림도 그렇고 사막도 그렇고, 이 별에는 위험한 생물이 너무 많은 거 아니야? 우리 간부들은 이딴 토지를 탐내는 거야? 이딴 곳은 그냥 포기하고 지구로 돌아가자고.』

『아무리 황폐한 땅이라도 토지는 토지야. 이 페이스로 인구가 늘어나다간, 지구는 십 년 안에 인구가 살 수 있는 토지가 없어질 테지. 위험 생물은 없애면 돼. 황폐한 땅은 개량하면 돼. 우리에게 불가능한 일은 없어. 키사라기의 기술은 대단하거든. 고성능인 나를 만들 수 있을 정도로 말이야.』

자신을 만든 키사라기의 기술에 자부심이 있는 건지, 앨리스는 일본어로 말을 건 나를 향해 그렇게 단언했다.

웬일로 자기주장을 하는 파트너의 말에…….

『그래. 맞아. 모래의 왕인지 뭔지 모르겠지만, 키사라기의 힘 앞에서는 사냥감에 불과해. 게다가 그 녀석만 해치우면 경쟁자들도 얌전해지는 거지? 그렇다면 우리가 확 사냥해버리는 것도 방법이겠는걸. 그리고 그 대가로 그놈들에게 토지 일부를 내놓으라고 하는 것도 괜찮겠네.』

『바로 그거다, 6호. 상부의 명령도 잊지 않은 거구나. 이달 안에 키사라기의 침략지를 늘린다. 현재 우리의 토지는 그 조그마한 아지트뿐이지. 아스타로트 님이 화내시기 전에 명령을 수행하자.」

나와 앨리스는 그렇게 말하면서 악랄한 미소를 지었다.

　

——지구에서 보는 것보다 커다란 달이 한밤의 사막을 조용히 비추고 있었다.

주위가 적당히 환했기에, 그 나무는 손쉽게 찾을 수 있었다.

버기에서 내린 우리는 지면 위에 섰다.

몇 번이나 발로 뻥뻥 걷어차 봤지만, 이 주위의 대지는 나무뿌리가 촘촘하게 뻗어 있는 건지 마치 바위처럼 단단했다.

"사막 한복판에 진짜로 나무가 있네. 잎은 없는 것 같은데, 선인장 같은 건가?"

"이 근처에 지하수가 모이는 걸지도 모르지. 너희는 열매 채집을 맡아. 나는 지하를 살펴보겠다."

그렇게 말하며 앨리스가 탐사를 시작하자, 나는 그 옆에서 주위를 둘러봤다.

"이 별은 동물만이 아니라 식물도 이상하네. 이렇게 이상한 열매에 진짜로 물이 가득 들어 있는 거야?"

나는 나무에 맺힌 열매를 한 개 딴 후, 그것을 살펴봤다.

"이 열매는 마력으로 압축되어 있다. 마력 제거 마법을 걸어서 짜면, 대량의 물을 얻을 수 있지. 눈에 보이는 열매를 전부 따서 가져가면, 내 강등도 취소될 정도의 큰 공이 될 거다!"

스노우가 흥분한 목소리로 그렇게 말하자, 앨리스가 움찔했다.

"또 마력인가. 그 수상한 오컬트 단어를 들을 때마다, 내 존재가 부정당하는 것 같아."

"이 꼬맹이는 아직도 마법을 믿지 않는 거야?! 내가 저주를 거는 모습도 봤잖아? 그 대가로 인형이나 반지가 사라지는 걸 마법 이외의 이유로 설명할 수 있냔 말이야!"

이 두 사람은 툭하면 마법의 존재 여부를 가지고 다투는걸.

앨리스는 성가시다는 듯이 고개를 들더니, 단말을 조작했다.

잠시 후, 땅속 탐사용 도구가 앨리스에게 전송됐다.

"봤지? 아무것도 없는 데서 도구가 나타났어. 참고로 이건 마법이 아니야. 나도 똑같은 일을 할 수 있는 만큼, 그림의 대가란 것도 근거로는 부족해."

"잠깐만 있어 봐. 너희가 쓰는 그건 마법이 아닌 거야?! 그럼 내가 신발을 못 신는 저주에 걸린 건 어떻게 설명할 건데?!"

과학과 오컬트는 궁합이 나쁘다고 하지만, 마수가 몰려들 수도 있는 장소에서 고함을 지르며 다투지는 말아줬으면 한다.

"그러니까 저주는 최면술이라고 말한 거야. 실패했을 때의 대가라는 것도, 최면술의 효과를 높이기 위한 자기암시겠지."

"진짜 고집불통 꼬맹이네! 좋아, 그렇게까지 말한다면 내 저주를 너한테 걸어 주겠어! 어디, 저주에 걸리고도 최면술이라고 우길 수 있으면 우겨봐!"

그림은 인형을 손에 쥐더니, 앨리스를 노려보며——.

"어이, 6호. 당장 그림을 구속해라. 키사라기에 신발을 요청할 테니, 그걸 억지로 신기자. 휠체어로 이 녀석을 옮기는 것도 성가시거든. 저주나 대가 같은 게 전부 헛소리라는 걸 증명해 주겠다."

"좋아, 나한테 맡겨."

"싫어어어어어어어! 거짓말, 신발을 신었다간 내 몸은 폭발해버린단 말이야!! 그런 잔인한 장면을 보고 싶진 않지?! 한 사흘은 아무것도 못 먹을걸?!"

맙소사, 대가를 무시했다간 폭발하는 거냐.

"자폭은 악당의 낭만이지. 그림이 폭발한다면, 키사라기의 어엿한 구성원으로 인정해 주겠다. 무덤에는 키사라기 배지도 같이 묻어주지."

"대장, 애 좀 말려! 스노우! 로제! 열매는 그만 따고 나를 도와!"

나에게 붙잡힌 그림이 날뛰는 사이, 앨리스가 단말을 조작하기 시작──.

바로 그때였다.

"우왓?! 지, 지진인가?!"

갑자기 발밑이 흔들리자, 나는 무심코 그림을 놔줬다.

다른 녀석들도 대지가 흔들린 탓에 휘청거리면서 몸을 웅크리는 가운데, 겨우 해방된 그림은 우리와 거리를 두면서…….

"거봐! 제나리스 님의 천벌이야! 나한테 무례한 짓을 하니까, 대지를 흔들어서 너희한테 경고하신 게 분명해!"

그림이 으스대며 가슴을 펴더니, 앨리스를 손가락으로 가리키며 그런 말을…….

하지만 앨리스는 그림과 지진을 무시한 채, 땅속 탐사 작업을 시작했다.

"이 꼬맹이, 너무 자유분방한 거 아냐?! 빨리 이 그림 언니한테 사과를……."

그림이 거기까지 말한 바로 그 순간.

마치 큰 목소리에 반응하듯 땅이 흔들리더니, 주위에 정적이 감돌았다.

"다들, 지금 바로 버기에 타라. 목소리를 내지 말고, 조용히 말이야. 빨리 튀어야 한다."

땅속을 탐사하던 앨리스가 그렇게 말하자, 불길한 느낌을 받은 우리가 순순히 따랐다.

범상치 않은 분위기를 감치한 다른 이들도 입을 꼭 다문 채 버기에 탔다.

앨리스는 전원이 차에 탄 것을 확인하더니, 아무 말 없이 버기의 액셀을 밟았다——!

『어이, 앨리스! 나, 이 별이 싫어! 돌아가고 싶다고!』

『야박한 소리는 하지 말라고, 파트너! 이 행성은 이렇게 흥미로운데 말이야!』

아까와는 비교도 안 될 정도로 땅이 크게 흔들리는 가운데, 버기는 단숨에 가속했다.

"저기, 지면이 솟아오르는 것 같거든?! 대체 무슨 일이 일어난 거야?!"

"지금 우리가 있는 곳은 모래의 왕이란 녀석의 등 위야. 이 주위를 탐사해 보니, 일대에서 생체 반응이 감지됐지."

앨리스가 설명하는 사이에도, 멀어져 가는 나무들이 볼록 솟으면서 방대한 양의 모래가 흘러내렸다.

밤중의 달빛에 드러난 것은 등에 나무가 무성하게 달린 거대 두더지였다.

체육관만큼 거대한 그것이 모래의 왕이라 불리는 대마수였다.

"저, 모래의 왕은 처음 봤어요! 크다는 이야기는 들었지만, 이렇게 클 줄은 몰랐어요……."

로제가 느긋하게 감상을 말하는 사이, 스노우가 채집한 열매를 뚫어지게 쳐다보면서…….

"어이, 6호. 그렇다면 이 열매는 모래의 왕이……."

"물을 모아두는 기관 아닐까? 그걸 가지고 돌아가도 괜찮은 거야?"

내 의문에 답하듯, 천천히 몸을 일으킨 모래의 왕이 우리가 탄 버기를 돌아보았다.

의외로 귀엽게 생긴 그 두더지는 코를 킁킁거리더니.

"6호, 모래의 왕이 쫓아온다! 어어어, 어떻게 하지?! 덩치에 비해 속도가 빠르다! 이대로 가다간 따라잡히고 말 거다!"

거구에 어울리지 않는 민첩한 움직임으로, 버기를 쫓아오기 시작했다.

"앨리스, 속도를 더 낼 수는 없는 거야?! 키사라기의 기술력은 엄청나다며?! 우리에게 불가능한 건 없다고 했잖아!!"

"걱정 마라, 6호. 키사라기가 자랑하는 세이브와 로드는 최강이지. 다음번에 잘하면 된다."

"그걸로 부활이 되는 건 너밖에 없잖아! 젠장, 이렇게 되면 방법은 하나뿐이야! 싸우자!"

저렇게 거대한 적에게는 라이플도 큰 효과는 없을 것이다.

그렇다면 필살의 R배소로 급소를 노리는 수밖에……!

"기다려라, 6호. 다들, 내 신호에 맞춰 버기에서 뛰어내려라. 그리고 아무 소리도 내지 마. 그 후에 무슨 일이 벌어져도 꼼짝도 하면 안 된다."

앨리스는 묘한 소리를 하며 문의 잠금장치를 해제하더니, 핸들을 확 꺾으면서 커브를 그렸다.

"내려라!"

앨리스의 신호에 맞춰, 차량에서 뛰어내린 우리는 사막을 굴렀다.

모래의 왕이 우리를 노릴 줄 알았더니, 커브를 그리며 다른 방향으로 달려가는 버기를 쫓아갔다.

버기와 모래의 왕이 멀어져갔다.

곧 버기를 따라잡은 모래의 왕이 공격한 것 같았다.

한참 떨어진 곳에서, 뭔가가 폭발하는 소리가 들려왔다.

"──여기까지 왔으니, 일단 안심해도 되겠지."

모래의 왕에게 버기를 파괴당한 우리는 걸어서 마을로 가고 있었다.

환한 달빛에 의지해, 모래에 발이 파묻히는 일 없이 경쾌하게 앞장을 서고 있는 앨리스가 중얼거렸다.

"지금은 근처에 없는 것 같은걸. 두더지는 눈이 나쁘니, 소리와 진동으로 사냥감을 포착하거든."

"젠장. 사막을 걸어서 횡단하다니, 완전 벌칙 게임이네! 버기도 박살이 났고 말이야. 그걸 전송받느라 포인트를 어마어마하게 썼는데……."

모래의 왕에게 따라잡힌 후, 우리는 몇 시간 동안 계속 걷고 있었다.

"어이, 6호. 지금 포인트는 얼마나 있지?"

"지금은 10포인트뿐이야. 텐트를 요청하면 그대로 바닥나겠네. 지난달에는 마이너스였지만, 꾸준히 악행을 저지른 덕분에 한때는 꽤 모였는데 말이지……."

"아, 악행을 꾸준히 저지른거냐……."

버기 한 대를 얻는 데 필요한 포인트는 300가량.

최근의 소규모 전투, 토리스로 갈 때 이동용으로 버기를 구하느라 그동안 모았던 포인트를 대부분 쓰고 말았다.

탈것을 구해서 이 사막을 단숨에 횡단하고 싶지만, 현재 포인트로는 무리다.

"저기, 로제는 돌아가면 고기와 과자를 받기로 했지? 그럼 나는 채소를 잔뜩 사줄게. 그러니까 업어주지 않겠어? 밤이라 사막의 모래가 너무 차가워서 맨발로는 걷기 힘들어. 아끼는 휠체어도 방에 두고 왔거든."

"그림은 왜 신발을 못 신게 되는 저주 같은 걸 건 거야? 좀 제대로 된 저주는 없었어?"

우리 뒤편에서는 그림이 로제에게 업어달라고 보채고 있었다.

"그걸 설명하려면 이야기가 길어지는데……. 그건 지금으로부터…… 년 전……."

"몇 년 전이라는 건지 잘 안 들렸는데……."

아까 모래의 왕에게 공격받았던 이들답지 않게 태평한 이야기를 나누고 있자, 표정을 굳히고 있던 스노우가 쓴웃음을 지었다.

"도망치던 도중에 열매를 떨어뜨려서, 딱 하나 남았다만……."

그렇게 말하면서 조그마한 열매를 들더니…….

"이걸 봐라, 6호. 모래의 왕에게서 물을 얻었을 뿐만 아니라, 전원 생존했다. 이 정도면 충분한 성과일 거다. 너희도 그렇게 생각하지?"

이 행성 특유의 커다란 달에서 쏟아지는 빛에 그 열매를 비추며, 미소를 지었다.

그런 스노우를 보고 덩달아, 그리고 모래의 왕을 따돌렸다는 안도감에, 다들 미소를 지었다.

지구와 한참 떨어진 별, 밤중의 사막에서——.

"그래……!"

나도 무심코 쓴웃음을 지었다.

4

【사막 횡단 1일째】

사막의 햇살 아래에서, 우리는 무거운 다리를 억지로 움직여 나아갔다.

"덥다!"

어제 좀 멋진 말을 했던 스노우가 몇 번째일지 모를 소리를 질렀다.

"시끄러워. 더운 건 다들 마찬가지라고! 덥다는 말을 들으면 더 후덥지근하게 느껴진다고!"

몽환적인 밤이 끝나고, 활활 타오르는 듯한 태양 아래에서 걷게 된 우리 사이에서는 어제와 다르게 험악한 분위기가 흐르고 있다.

"후덥지근한 건 네놈의 겉모습이다! 그 시꺼먼 갑옷 좀 벗으란 말이다! 그냥 보고만 있어도 숨이 막히는 것 같구나!"

"이 녀석에는 체온 조절 기능이 달려 있어! 사막 한복판이지만, 이 녀석을 입고 있으면 그나마 낫다고!"

내가 입은 전투복은 대낮의 사막과 혹한의 한랭지에서도 노숙할 수 있게 해 주는 뛰어난 성능을 지녔다.

몇 년이나 점검을 받지 않은 탓에 내장 에어컨의 상태가 나쁘지만, 그래도 다른 녀석들보다는 그나마 나을 것이다.

"뭐……! 이 약아빠진 놈! 상반신만이라도 갑옷을 내놔라!"

"이건 내 몸에 맞춰 만들어진 거니까, 네가 입어도 의미 없어! 그
것보다, 너야말로 정 더우면 알몸이 되란 말이야!"

테잔 사막 한복판에서 우리가 그렇게 생산성 없는 다툼을 벌이
고 있을 때…….

"그렇게 싸우면 목이 마를 뿐만 아니라 배도 고프거든요?! 자,
이제 다 왔을 테니까 조금만 더 버텨요!"

횡단 첫날에 완전히 뻗어서 꼼짝도 하지 않는 그림을 업은 로제
가 환한 목소리로 그렇게 말했다.

"우리 중에서 가장 어린데도 이렇게 어른스러운 로제를 본받아!
네가 우리 중에서 가장 시끄럽다고!"

"몇 분 전까지만 해도 그림이 가장 시끄러웠단 말이다!"

사신의 신도이자 하프 언데드라 할 수 있는 그림은 태양에 약한
건지, 강한 햇살에 몸이 말라버리면서 그대로 뻗어버렸다.

몸이 더 마르지 않도록 후드를 씌워주기는 했지만, 빨리 소생시
켜주고 싶다.

"뭐, 다행인 건 사막인데도 물 걱정은 안 해도 된다는 거지. 나는
수분을 필요로 하지 않지만, 너희는 물을 안 마시면 죽으니 말이
다. 딱 하나라고는 해도 이 수상쩍은 열매를 따서 다행인걸."

앞장을 서는 앨리스가 기분이 좋은 듯이 그렇게 말하더니, 손에
쥔 나무 열매를 만지작거렸다.

스노우는 그것을 신기하다는 듯이 응시했다.

"앨리스에 관한 설명은 들었지만, 정말 골렘 같은 녀석이구나.
겉모습만 보면 인간과 분간이 안 되는데……."

"따지자면 나는 골렘이 아니지만. 뭐, 비슷한 거라 생각해라."

체내 지도라는 것이 내장된 앨리스는 현재 우리를 마을까지 안내해 주고 있으며, 수분 관리 또한 맡고 있었다.

이 녀석이 없었다면 사막 한복판에서 방향도 모른 채, 그대로 죽어버렸을 것이다.

이미 말라비틀어진 녀석과 달리, 매사에 도움이 되는 믿음직한 녀석이다.

"물도 물이지만, 배가 고파요……."

"……그래. 최악의 경우에는 이제부터 조우하는 마수라도 잡아먹는 수밖에 없겠네. 서바이벌은 전투원에게 기본 중의 기본이야. 살아남기 위해선, 뭐든 먹어야 해. 다음에 만나는 마수는 꼭 잡아먹자! 알았지?!"

내가 단호한 어조로 그렇게 말하자, 다들 진지한 표정으로 고개를 끄덕였다.

【사막 횡단 2일째】

"무리무리무리, 못 먹어! 이 녀석은 사람 머리가 달렸다고! 나, 인간형은 못 먹어!"

"다음에 만나는 마수는 꼭 잡아먹자고 말한 사람은 대장님이잖아요! 편식하지 마세요! 안 먹으면 죽는다고요!"

"평소에는 그렇게 터프한 척하면서, 이럴 때만 한심하구나! 로제, 이 녀석의 입을 벌려라. 내가 억지로 먹이겠다!"

우리는 밤중에 사막 한복판에서, 오크를 냄비로 삶고 있었다.

"오크는 싫어! 이 녀석들은 우리와 말이 통한다고!"

로제의 괴력에 내가 저항하자, 스노우는 안심시키려는 듯이 미소를 머금으며 말했다.

"그런 거라면 안심해라. 공통어로 이야기를 나눌 수 있는 마왕군 소속 오크와 달리, 야생의 오크는 야만족 언어만 할 줄 안다. 말이 통하지 않으니 먹을 수 있지?"

아니야! 그런 뜻으로 한 말이 아니라고!

"앨리스, 도와줘! 이 녀석들이 나한테 오크를 먹이려고 해!"

"안심해라. 성분을 조사해 보니 양질의 단백질이다. 독도 없으니, 문제 될 게 없다."

지적 생명체를 먹을 수 없다는 소리라고!

"네놈은 평소에 술집에서 더 엄청난 녀석들을 먹지 않느냐. 이제 와서 오크 따위를 먹는 걸 두려워하면 어떻게 하냔 말이다!"

"그래요. 대장님은 저조차 질릴 만한 것들을 그렇게 우걱우걱 먹어댔잖아요! 오크 같은 건 아무것도 아니라고요!"

어?

"잠깐만. 내가 평소에 대체 뭘 먹은 거야? 로제마저 질색하는 게 대체 뭔데?"

내가 반사적으로 되묻자, 스노우가 내 입에 오크를 내밀었다.

"자, 내가 직접 먹여주지. 아~……."

"잠깐만, 오크는 무리라고! 아아아아, 하다못해 머리 말고 어깨 부위를 먹여어어어!"

【사막 횡단 3일째】

낮에는 텐트를 치고 그늘에서 지내고, 추운 밤에만 행군했다.

그리고 현재, 뜨거운 햇살을 피하고 있는데……

"어이, 6호. 이대로는 위험해. 그러니 너한테 부탁이 있어."

"말해 봐."

후덥지근한 텐트 안에서, 앨리스가 진지한 표정으로 말했다.

"스노우의 팬티를 벗겨."

"느닷없이 무슨 소리를 하는 것이냐?! 앨리스, 정신 차려라! 이 멤버 중에서 믿을 사람은 너뿐이란 말이다!"

앨리스가 느닷없이 그렇게 말하자……

"오케이, 파트너. 네 소망을 내가 들어주지."

"들어주지 마라! 어이, 그 손 치워라! 앨리스, 더위 때문에 고장 이라도 난 것이냐?!"

"대장님, 이 비상시국에 뭘 하려는 거예요?! 앨리스 씨도 헛소 리 좀 하지 마세요!"

스노우와 로제가 항의를 하자, 앨리스는 여전히 진지한 표정으 로 말했다.

"너희도 잘 들어. 6호는 악행을 저지를수록 포인트를 획득해. 그리고 그 포인트가 있으면……."

"""아!"""

맞다. 왜 그 생각을 못 한 걸까.

꼭 마을까지 갈 필요 없이, 여기서 악행을 저지르면 되는데.

나는 스노우를 쳐다보며, 진지한 표정으로 말했다.

"더워 보이니까, 옷을 벗겨 줄게."

"콱 죽어라."

내가 억지로 옷을 벗기려 하자, 스노우는 검을 뽑아 들었다.

"좁은 텐트 안에서 날뛰지 마세요! 대장님과 스노우 씨도 진정해요! 그런 건 궁지에 몰렸을 때 하라고요!"

로제가 필사적으로 제지해서, 일단 상황이 수습됐지만…….

"이미 궁지에 몰렸다고 생각하는데 말이야……. 그리고 나는 이미 스노우의 찌찌를 주무르고 팬티를 홀랑 벗긴 적이 있거든?"

"시끄럽다! 닥쳐라! 그리고 그 정도로 궁지에 몰리면, 나만 희생되지는 않을 거다! 로제, 물론 너도 희생양 중 한 명이다!"

"예엣?!"

말다툼 중인 우리를 곁눈질하던 앨리스가 내게 손짓했다.

"어……?"

내가 영문을 모르겠다는 표정으로 다가가자, 앨리스는 잠든 그림의 치마를 엄지로 가리켰다.

………….

《악행 포인트가 가산됩니다.》

"6호, 너! 나도 그건 좀 아니라고 본다……!"

"대, 대장님…… 저질이에요……."

"아, 아니야……! 이, 이건, 앨리스가……!"

그림의 치마를 들춘 나에게 차가운 시선이 꽂혔다.

【사막 횡단 4일째】

한밤의 사막에서는 마수와 거의 마주치지 않았다.

먹을 게 부족한 상황이지만, 오크만은 먹고 싶지 않다.

그림의 치마를 들춰서 포인트를 더 모으고 싶지만, 숨을 쉬지 않는 여자에게 이런 짓을 하는 건 악행이 아니라 교활하고 비열한 짓으로 카운트되는 것 같았다.

머나먼 지구에서 아스타로트 님이 우리를 감시하고 있는 건 아닌지 의심됐다.

어쩔 수 없으니, 깨어 있을 때 치마를 들춰야겠다.

【사막 횡단 5일째】

오늘도 마수가 나타나지 않았다.

스노우는 뭔가 할 말이 있는 듯한 표정으로 나를 쳐다보았다.

로제는 다른 눈길로 나를 쳐다보고 있었다.

아니, 로제는 나만이 아니라 꿈쩍도 안 하는 그림도 힐끔힐끔 쳐다보고 있었다.

뭐야. 할 말이 있으면 빨리 말하라고.

그건 그렇고, 배가 고파서 견딜 수가 없다.

지금이라면 오크도 먹을 수 있을 것 같았다.

일전에 포인트가 마이너스가 됐을 때도 물자를 보내줬던 것이 생각나서 시험 삼아 해 봤지만, 반응이 없었다.

일전에는 가불이 됐는데 말이야.

역시 아스타로트 님의 악의가 느껴진다.

지구에 돌아가면 악행 포인트 벌이의 표적으로 삼아야지.

【사막 횡단 6일째】

스노우가 그림의 치마를 들출 생각이 없는지 나에게 물어봤다.

긴급 상황이니 묵인하겠다면서, 슬그머니 텐트 밖을 보았다.

이 녀석, 그림을 팔아넘겼어.

의식이 없는 인간의 치마를 들쳐도 포인트가 들어오지 않는다는 것을 알려주자, 스노우는 자기 치마를 걷으라고 말했다.

시험 삼아 스노우의 치마를 들춰봤지만, 역시 포인트는 늘어나지 않았다.

본인이 싫어해야 악행으로 인정된다는 것이 생각나서 '넌 치마 들추는 것이 기쁜 거냐.' 하고 물어보자, 스노우가 나를 죽이려고 들었다.

배가 고프면 마음이 살벌해지는 것 같았다.

게다가 요즘 들어서는 로제가 싸움을 말려 주지도 않았다.

우리가 다투기 시작하면, 뭔가를 기대하는 눈으로 나를 보았다.

저건 전에도 본 적이 있는 눈이다.

맞다. 육식형 여자로 알려진 괴인 스파이더우먼 씨가 나를 보는 눈이다.

인간은 극한상태에 처하면 생존본능이 자극되면서, 자손을 남기기 위해 성욕이 끓어오른다는 말을 들은 적이 있다.

그래. 로제가 저런 눈으로 쳐다보는 건, 성욕이 끓어오르기 때문인 거구나. 안심해. 나도 마찬가지라고.

그것보다 텐트 생활은 너무 힘들어. 내 공간이 없어서 괴로워.

시험 삼아 그림의 치마를 들췄다.

역시 포인트는 들어오지 않았다.

이 시스템은 대체 어떻게 되어 먹은 걸까.

그러고 보니, 악행 포인트 가산의 계산은 감정에 좌우된다는 이야기를 들은 적이 있다.

어쩌면 지금이 비상 사태라서 그런 걸까?

목숨이 위험한 긴급 상황에서는 범죄 행위도 범죄로 치부되지 않는다는 말을 들은 적이 있다.

그렇다. 설산에서 조난됐거나 할 때 말이다.

아하, 그림의 치마를 들추는 행위는 이제 범죄도 아닌 건가.

최근에는 내가 치마를 들춰도 다들 아무 말도 하지 않았다.

스노우는 종종 '어떠냐?' 하고 포인트가 증가했는지 물어봤다.

내가 할 말은 아니지만, 너희는 이래도 정말 괜찮은 거냐.

【사막 횡단 7일째】

주위가 점점 어두워지면서, 슬슬 행군을 시작할 시간이 됐다.

그리고 우리도 슬슬 한계에 달하려 하고 있었다.

유일하게 기운이 넘치는 앨리스의 말에 따르면, 며칠 후면 마을에 도착할 거라고 한다.

하지만 행군은 이제 무리다.

배고프다. 뭐든 먹고 싶다. 시원한 맥주를 마시고 싶다. 사적인 공간을 가지고 싶다. 5분이라도 좋으니 혼자 있고 싶다.

그런 생각을 하면서 걷고 있을 때, 로제가 자기 꼬리를 깨물었다.

배가 고픈 어린이가 손가락을 빠는 듯한 행동이며, 저러면 허기를 조금 잊을 수 있다고 한다.

이 녀석의 궁핍한 과거를 생각하니 조금 안타깝지만, 저 도마뱀 같은 꼬리는 끝부분을 잘라도 재생되지 않을까 하고 물어보니 진지한 표정으로 고민에 빠졌다.

사실 나는 체온 조절이 가능한 전투복이 있어서 그나마 낫다.

로제도 본인의 말에 따르면, 열과 추위에 강하다고 한다.

앨리스는 당연히 괜찮다.

이미 돌이킬 수 없는 지경에 이른 녀석이 한 명 있지만, 앨리스가 방부제를 뿌려뒀으니 괜찮을 거라 믿고 싶다.

그렇다면, 역시 유일한 문제는 스노우다.

나는 굳게 마음먹고, 눈빛이 위험해진 스노우에게 말했다———.

5

"긴급 사태니까, 너를 홀랑 벗기겠어."

"좋다. 실은 나도 슬슬 한계지. 얼마든지 덤벼봐라."

이 녀석도 극한상태인 건지, 섬뜩한 눈빛으로 검을 뽑아들면서 빈틈없는 전투태세를 취했다.

굶주림 때문에 오감이 맑아진 것인지, 평소와 다르게 강적의 아우라가 느껴졌다.

"자, 스노우. 잘 들어. 이대로 가다간 다 같이 죽어. 하지만 네가 나한테 이런저런 짓을 당하는 걸 참기만 하면 말이지? 입수한 악행 포인트로 배를 채울 수 있어서 너는 행복하고, 나 또한 여러 가지 의미에서 매우 행복할 거야. 어때? 모두가 행복해질 수 있을 뿐만 아니라, 서로에게 나쁘지 않은 거래 아냐?"

"극한상태인 내 머리로도, 속이려고 한다는 건 알겠다."

입으로는 그렇게 말하면서도, 스노우의 얼굴에는 갈등의 표정이 어려 있었다.

"너도 죽고 싶지는 않지? 배부르게 음식을 먹고 싶지 않아?"

내가 속삭인 감언이설에, 로제가 반응을 보였다.

"먹고 싶어요!"

"너한테 물은 게 아니야. 스노우, 어때? 네가 원한다면 음식만이 아니라 진기한 아이템도 붙여 주겠어. 일전에 네가 말했지? 마도구를 비싼 값에 팔 수 있는 연줄이 있다고 말이야. 돈이 궁하지? 조금만 인내심을 발휘하면, 네 검의 대출금을 다 갚을 수 있을걸?"

"으으으으으……."

스노우가 극심한 갈등에 사로잡힌 가운데, 샷건 안에 들어간 모래를 털던 앨리스가 말했다.

"이제 와서 뭘 고민하는 거지? 너는 엔겔이란 남자에게 자기 몸을 팔아넘길 생각이었잖아?"

"그때는 부유한 나라의 전 재산이라는 미끼에 눈이 멀어서 정신이 나갔던 거다! 게다가 그 경우에는 선을 넘더라도 상대방이 책임을 지게 할 수 있었지. 하지만 지금은……."

스노우는 뭔가 할 말이 있는 듯한 표정으로 나를 힐끔 보았다.

"난 책임지라는 말이 딱 질색이야."

"모처럼 설득하는 판국에, 이 쓰레기 자식."

앨리스에게 신랄한 말을 들은 내가 다시 스노우에게 돌아선 순간──.

옛날옛적에 한계를 초월했던 건지, 스노우가 갑자기 풀썩 쓰러지고 말았다.

"어, 어이, 장난치는 거지?! 그림 하나 옮기는 것도 죽겠는데, 너까지 어떻게 옮기냔 말이야!"

"으으……. 더, 더는…… 못 버틴다……."

열악한 환경에서 수면 부족과 굶주림 탓에, 이제 일어설 힘도 없는 것 같았다.

"어이, 6호. 지금이 기회다. 의식이 있을 때 덮쳐라, 덮쳐."

"아, 아니, 그래도 그건 좀……."

방금 덮치려고 한 주제에 무슨 소리냐고 할 것 같지만, 약해져서 꼼짝도 못 하는 여자를 덮치는 짓은 위험한 선을 넘는 것 같았다.

바로 그때였다.

"대장님, 저……. 더는 못 참겠어요……."

사막의 열기 때문에 얼굴이 빨갛게 달아오른 듯한 로제가 거친 숨결을 내쉬며 그렇게 중얼거렸다.

"로, 로제? 잠깐만, 아직 네 차례가 아냐. 이런 건 에로 담당이 자, 성격상으로도 심한 짓을 해도 그다지 양심에 찔리지 않을 스노우부터……."

로제가 뜻밖의 말을 하자, 원래라면 기뻐해야 할 일인데도 당황하고 말았다.

그림이나 스노우가 이런 말을 했다면 당황하지 않겠지만…….

"하지만, 더는……!"

뭔가를 참듯 안타까운 표정을 짓고 있는 로제를 보자, 내 이성은 여행을 떠났다.

그렇다. 지금은 극한 상황이다.

아까부터 앨리스가 흥미롭다는 듯이 쳐다보고 있지만, 잠시 텐트 밖에 나가 있어 달라고 하자.

"좋아. 부끄럽게 해서 미안해. 갑작스러워서 좀 당황했어."

"딱히 부끄럽지는 않은데……. 저도, 이게 넘어선 안 되는 선이라는 건 알고 있어요. 하지만……!"

그래.

그렇지…….

우리는 같은 소대의 동료다.

우리는 남녀 관계가 아니라, 서로의 목숨을 맡기는 동료다.

이 선을 넘어버리면, 앞으로의 임무에 지장이 생긴다.

아마 한동안은 얼굴을 마주칠 때마다 거북할 것이다.

하지만……!

"로제, 지금은 비상 사태니까 걱정하지 마. 그리고 이건 따지고 보면 본능이야. 극한 상태에서는 딱히 이상한 일이 아니지."

그렇다. 죽음을 앞둔 상황에서 성욕이 끓는 건, 어디까지나 생존본능이다.

밤샘 직후에 어찌 된 건지 남자의 중요 부위가 기운이 넘치는 것과 같은 현상이다.

내 말을 들은 로제가 되뇌듯이, 그리고 자기 자신을 이해시키려는 듯이 내가 한 말을 중얼거렸다.

"본능……. 비상 사태니까, 이상한 일이 아니다……."

"그래. 인간의 3대 욕구 중 하나잖아! 참을 수가 없다고 해서, 그게 죄는 아니라고!"

내가 딱 잘라 말하자, 로제는 뭔가 개운한 미소를 지었다.

"예, 저도 마음이 가벼워졌어요! 이런 상황이니 어쩔 수 없죠!"

"그래, 어쩔 수 없어! 문제가 있다면, 서로 합의하고 한다는 거겠지."

그렇다. 합의하고 하는 것이니 악행 포인트가 발생하지 않는다.

"예? 합의하면 뭐가 문제인데요?"

"네, 네가 직구로 들으니 문제가 없는 듯한 기분도……. 뭐, 그토록 원한다면 솔직히 나도 기뻐. 넌 얌전하게 생겼으면서 의외로 육식이구나."

내 중얼거림을 들은 로제가 얼굴을 붉혔다.

"유, 육식은 싫어하세요?"

"아니, 나는 오히려 얼마든지 환영해. 하지만 모두를 구하기 위해선, 너한테 순순히 줄 수 없어. 필연성이라는 게 중요하거든."

다소 저항하는 기색을 보여주지 않는다면, 악행 포인트가 발생하지 않는다.

내 말을 들은 로제가 고개를 끄덕이더니…….

"예. 자연의 섭리라는 거군요. 괜찮아요. 그러면 저도 죄책감이 줄어들 테니까요. 대장님도 진심으로 저항해 주세요."

"죄책감……. 어, 뭐야? 내가 당하는 거야? 저기, 그런 것도 싫어하지는 않거든? 오히려 환장할 정도로 좋아하긴 하는데……."

로제가 평소와 다르게 적극적이라서, 나는 당황하고 말았다.

아니지. 나보다 어린 로제가 이렇게 말하잖아. 내가 꽁무니를 빼면 어쩌냐고.

"게다가 대장님과는 한번 제대로 해 보고 싶었어요. 이럴 때가 아니면 서로가 진심이 되지 못할 테니까, 전력을 다해 주세요!"

"전력을 다해도 돼?! 나는 살살 해 줄 생각이었지만, 네가 그걸 원한다면야……."

넘쳐흐를 듯한 나의 욕망을 이런 소녀에게 전력으로 퍼부으려니 불안이 엄습했지만…….

나도 남자다. 이렇게 말해 준 로제의 각오에 부응해 주자.

"알았어. 그럼 하다못해, 적신 수건으로 몸이라도 좀 닦을게."

그것이 최소한의 매너다.

"죄송해요, 대장님. 더는 못 참겠어요……! 그리고, 그럴 필요 없거든요? 왜냐하면……. 전부터 생각했던 건데, 대장님한테서는 참 좋은 냄새가 나니까요……."

"조, 좋은 냄새?! 너, 오늘은 진짜 적극적이네! 네가 원한다면 그렇게 하겠지만, 그래도 너무 마니악하지 않아?!"

나보다 어린 소녀가 말할 때마다 나는 얼굴을 붉히며 격렬한 심장 박동을 느꼈다.

뭐, 좋다. 이렇게 되면 갈 데까지 가 보자.

재미있겠다는 듯이 구경하는 앨리스에게, 눈치 좀 발휘하라는 듯이 내가 시선을 보내자…….

"로제와 6호한테 물어볼 게 있어. 이제부터 뭘 하려는 거지?"

"덮칠 거야! 잡아먹을 거라고!"

"그래요! 대장님을 먹어 치울 거예요!"

우리는 비슷한 말을 입에 담은 후, 얼굴을 붉혔다.

앨리스는 그런 우리를.

"너희 말이다. 말이 서로 통하는 것 같으면서도 어긋났구나."

역시 재미있는 걸 구경하는 눈으로 보며 말했다.

"이제부터 로제와 야한 짓을 할 건데?"

"이제부터 대장님과 주먹다짐을 할 건데요?"

…….

"뭐라고 한 거야? 주먹다짐? 그건 상급자 플레이잖아."

"대장님이야말로 무슨 소리를 하는 거예요? 자연의 생존경쟁에 따라, 진 쪽이 먹히는 거라고요."

…………….

"먹힌다는 건, 성적인 의미지?"

"식욕적인 의미인데요?"

……………….

"헛소리 마! 그 말은 농담으로 넘어갈 수 없거든?! 별의별 괴인과 다 만난 나조차도 너한테는 질리겠다고!"

"갑자기 무슨 소리를 하는 거예요?! 대장님이 말했잖아요! 3대 욕구 중 하나니까 못 참아도 어쩔 수 없다고요!"

"말하기는 했지! 그야 말하기는 했지만!!"

그런 뜻으로 한 말이 아니야! 그것도 3대 욕구 중 하나지만, 내가 말한 건 다른 거라고!

로제는 더 참을 수가 없는지, 눈에 진심이 어려 있었다.

"대장님, 비상 사태니까 개의치 말자고요."

"내가 그런 말을 했지만, 그런 뜻이 아니거든?! 그리고 며칠 안에 마을에 도착하니까, 그때까지만 참아!"

이 행성 녀석들은 지적 생명체인 오크도 잡아먹는다.

그 말인즉슨…….

얼굴이 빨개진 로제가 몸을 배배 꼬면서 말했다.

"저는 이제 못 참겠어요……. 대장님이 육식을 싫어하지 않는다고 말해 줘서 정말 기뻐요……."

"말이라는 건 참 어렵네. 이게 문화 차이라는 거냐!"

내가 아는 육식 여자란 말과는 의미가 너무 다르다고!

나는 최대한 로제를 자극하지 않으려고, 텐트 입구로 물러났다.

로제는 그런 나를 포식자의 눈빛으로 쳐다보며⋯⋯.

"대장님한테서는 참 좋은 냄새가 나요⋯⋯."

"상황은 참 중요하네. 아까 똑같은 말을 들었는데, 지금은 다른 의미에서 심장이 격렬하게 뛰고 있거든!"

로제는 내 말을 듣고 볼을 살짝 붉히더니⋯⋯.

"대장님은 흔들다리 효과라는 걸 알아요? 이런 게 사랑일지도 모르겠어요⋯⋯."

"그래. 이 두근거림은 사랑일지도 몰라! 좋아, 덤벼 봐! 나도 이제 마음을 비웠어! 물리쳐 주마!"

악의 조직 전투원이 이딴 꼬맹이에게 쫄까 보냐!

"할아버지가 말했어요! 사람은 사랑에 빠지면, 좋아하는 상대와 하나가 되고 싶어한다고요⋯⋯."

"할아버지의 말은 사실이지만, 네 해석이 잘못됐어!"

내가 딴죽을 날리며 전투태세를 취했을 때⋯⋯.

"젊은 두 사람끼리 잘 있어라."

그렇게 말하며 텐트를 나서는 앨리스의 뒷모습을 본 후――.

"이 싸움은, 우리가 태어나기 전부터 정해진 운명⋯⋯. 그레이스 왕국 유격대 소속, 전투 키메라 로제! 갑니다!"

"비밀결사 키사라기 사원, 전투원 6호다! 너를 가지고 포인트를 벌어 주마!"

머나먼 별의 사막 텐트에서, 뜨거운 밤이 시작됐다──!

《악행 포인트가 대량으로 가산됩니다.》

"──자. 6호. 기뻐해라. 보이기 시작했다."

"…………."

앨리스가 기쁜 소리를 했지만, 나는 대답 대신 한숨을 쉬었다.

새롭게 마련한 버기의 조수석에서.

『저기, 앨리스. 나, 지구로 돌아가고 싶어.』

『무슨 소리를 하는 거냐. 어젯밤에는 즐겼으면서. 덕분에 새 버기를 손에 넣었으니까, 기뻐하는 게 어때?』

……………….

『뭐?! 즐겨?! 멍청이, 결국에 선은 안 넘었거든?! 끽해야 성희롱 수준이라고!』

『그런 것치고는 포인트를 꽤 많이 벌었는걸. 아무튼, 잘했다. 앞으로는 정기적으로 로제와 좋은 시간을 보내라.』

어젯밤, 나는 완전히 맛이 간 로제와 싸우며 틈틈이 이런저런 짓을 해서 대량의 포인트를 벌었다.

빈틈을 봐서 전투 중에 얻은 포인트로 먹을 것을 받은 후, 그것을 미끼 삼아 로제를 무력화하는 데 성공했지만…….

『전투 키메라는 무시무시하잖아. 이 녀석, 전력을 다하는 나와 대등하게 싸웠다고.』

『그거 참 흥미롭군. 이 별의 고대 유적이란 것을 꼭 조사해야겠는걸..』

뒷좌석을 돌아보니, 눈이 까뒤집힌 세 사람이 축 늘어져 있었다.

이제는 전혀 야릇하지 않았다.

『하지만 티리스의 의뢰는 성공했다고 할 수 없겠는걸. 손에 넣은 정체불명의 열매에 들어 있는 물도 우리가 꽤 썼고 말이다. 그리고 이 열매는 키사라기에 보내서 연구하고 싶군. 이 녀석의 비정상적인 흡수성을 응용한다면, 여러모로 도움이 되겠지.』

『그러고 보니 임무를 깜빡했네…….』

내가 앞으로 있을 일을 생각하며 진절머리를 내고 있을 때, 그레이스 시가지가 보이기 시작했다.

하지만, 분위기가 좀 이상했다.

마치 일전에 마왕군이 쳐들어왔을 때처럼——.

6

"토리스와 마왕군이 손을 잡고, 침공을 준비하고 있어요."

마을에 도착한 나와 앨리스를 부른 티리스는 우리를 보자마자 그렇게 말했다.

우리가 사막에서 조난한 동안, 그 녀석들은 전쟁 준비를 마친 것 같았다.

"오호라, 내 힘을 빌리고 싶은 거지? 싸움이라면 전투원인 내가 할 일이지. 하지만 이 6호 님의 몸값은 싸지 않은데?"

"6호 님. 토리스가 적으로 돌아선 게 6호 님 때문이라는 걸 잊으

셨나요?"

티리스는 눈을 흘겼지만.

"나는 과거를 돌아보지 않는 남자거든. 옛날 일은 기억 못 해."

"대단한걸, 6호. 그건 지난주 즈음의 일이잖아."

앨리스의 딴죽을 내가 흘려넘기자, 티리스는 난처하다는 듯이 한숨을 내쉬었다.

"이렇게 됐으니 어쩔 수 없죠. 하지만, 6호 님은 이 일의 책임을 져줘야겠어요."

"난 책임지라는 말이 딱 질색이야."

"진짜 시원시원할 정도로 쓰레기 자식인걸. 이야기를 진행할 수가 없으니까 헛소리 좀 하지 마라."

티리스는 관자놀이에 경련이 일어났지만, 인내심을 발휘하며 말을 이어갔다.

"현재, 키사라기의 파견 전투원 덕분에 전력만 봐서는 마왕군에 뒤지지 않아요. 하지만 토리스가 적으로 돌아섰으니, 전쟁이 장기화되면 패배를 피할 수 없죠. 물 부족 문제도 있으니까요……."

"그러니까 티리스가 사람들 앞에서."

"농업에 필요한 열매 채집은 실패했다는 보고는 받았어요! 이대로 있다간 이 나라는 위기에 처할 거예요! 저희는 전력을 다해 아버님을 수색할 테니, 6호 님께서는 한 가지 임무를 맡아 주셨으면 해요!"

티리스는 내 말을 끊더니, 지도 한 장을 꺼내 들었다.

"이건 토리스에서의 호위 임무가 성공했을 경우, 보수로 드리려고 했던 지도예요. 듣자하니, 현재 마왕군 간부 두 명이 이 지도에 실린 유적을 조사 중인 것 같더군요······."

그러고 보니 하이네와 러셀이 토리스에 온 이유가 그거라고 했던가.

"맞아. 그러고 보니 강력한 고대 병기가 잠들어 있댔지? 그 녀석으로 모래의 왕을 쓰러뜨릴 거라고 했어."

내가 그렇게 말하자, 티리스는 고개를 끄덕였다.

"두 분은 그 유적으로 가 주셨으면 해요."

"즉, 그 녀석들이 고대 병기를 손에 넣는 걸 방해하라는 거지?"

어떤 병기인지는 모르겠지만, 하이네 쪽이 꽤 자신만만했지.

확실히 이대로 적에게 넘기면 못마땅하겠는걸······.

바로 그때였다.

『어이, 6호. 이번 이야기는 무조건 따라라. 안 그러면 일이 곤란해질 거다.』

『신기한 일이네. 네가 그런 소리를 다 하다니 말이야. 왜 그래? 고대 병기라는 걸 경계하는 거야?』

앨리스가 느닷없이 일본어로 말해서 놀란 듯한 티리스는 아무 말 없이 우리를 지켜봤다.

『토리스에는 정체불명의 유리 케이스가 있었지? 그리고 안은 텅 비어 있었다. 그리고 그 자리에 느닷없이 나타난 건, 고대 유적과 케이스에 대해 해박해 보이는 마왕군 간부였다. 어때? 감이 오지 않더냐?』

앨리스가 평소와 다르게 진지한 목소리로 그렇게 말하자, 나는 침을 꼴깍 삼키고.

『즉, 고대 유적에는 그 유리 케이스가 잔뜩 있다는 거지? 그리고 미소녀형 호문클루스가 대량 생산되고 있는 거네……?』

『아니다. 러셀인지 뭔지 유적을 잘 알던 꼬맹이가 원래는 그 케이스에 들어 있었던 걸지도 모른다는 생각이 든다. 네가 케이스를 두드리려고 했을 때도 발끈했잖아. 소중한 물건이 망가질까 싶어서 허둥지둥 말리는 느낌이었으니 말이지.』

그러고 보니 그런 일도 있었지.

『그 녀석은 로제와 마찬가지로 고대에 만들어진 전투 키메라일 가능성이 있다. 게다가 과거의 기억을 제대로 가지고 있는 상태로 말이지. 그리고 그 녀석은 고대 병기가 있으면 모래의 왕을 해치울 수 있다고 말했다. 너와 멋진 승부를 펼칠 수 있을 만큼 강한 전투 키메라, 로제. 아마 로제에게 버금가는 힘을 지닌 녀석이, 그런 성가신 병기까지 얻는다면…….』

『우리는 장사를 접어야 하겠고마!』

앨리스의 설명을 듣고서야, 나는 사태를 파악했다.

키사라기의 전투원이 마왕군과 대등하게 싸울 수 있는 건, 현대 병기라는 이점을 지녔기 때문이다.

그런데 상대방도 고성능 병기를 가진다면, 상황이 매우 나빠질 것이 뻔했다.

티리스는 소리를 지르는 내 표정을 보고 결론이 났다고 판단한 건지…….

"어떤 이야기를 나눈 건지는 모르겠지만, 아무래도 결론이 난 것 같군요."

"그래. 아무래도 이건 우리한테도 남 일이 아닌 것 같거든. 그 병기를 흔적도 남지 않게 부숴 버리겠어."

내가 그렇게 말하며 고개를 끄덕이자, 티리스의 표정이 부드러워졌다.

"부디 잘 부탁드려요. 물 부족으로 돌이킬 수 없는 상황에 이르기 전에 이 일이 해결되기를 기대할 테니……."

"물 문제는 티리스가 협력해 주면 바로 해결될 거잖아."

그렇다. 사람들 앞에서 그 말을 읊조리기만 하면…….

"정말 죄송해요. 제 힘이 모자란 탓에……. 하지만 제 마력과 마법 적성으로는 물의 정령을 짧은 순간만 불러낼 수 있답니다. 그러니, 유감이지만……."

"저기, 마법으로 협력해달라는 게 아니거든? 티리스가 사람들 앞에서 소리쳐 주면 물 문제는 해결된다고."

티리스는 내 말을 무시하더니…….

"자 6호 님, 앨리스 님! 고대 병기의 파괴 임무를 꼭 성공해 주세요!"

"어이, 너는 아까 나한테 책임을 지라고 했지? 그럼 티리스도 왕족의 책임을 다하라고. 딱 한마디만 외치면 해결되잖아."

시선을 피하는 티리스를 내가 추궁하고 있을 때.

"아니, 파괴는 보류해라. 기왕이면 그 병기를 차지하는 거다."

악의 조직에서 만든 안드로이드가 매우 합리적인 제안을 했다.

7

아지트로 돌아온 우리는 타이거맨에게 경과를 보고했다.

"타이거맨 씨, 그렇게 됐으니 이 나라의 방위를 맡아 주세요. 우리는 토리스의 유적에 침입할게요."

"너희만 치사한 거 아니냐옹? 나도 그쪽이 좋다냐옹……."

회의실로 정해진 아지트의 한 방에서, 타이거맨이 내키지 않는 투로 말했다.

고대 유적에 잠입해서, 경쟁자들이 노리는 병기를 우리가 차지한다.

그리고 그 병기를 이용해 토리스를 점령하는 것이 앨리스가 세운 작전이다.

먼저 침공을 개시한 마왕군과 달리, 토리스는 신중하게 군을 진군시키고 있는 것 같다.

고대 병기란 것이 적의 손에 들어가면, 상황이 불리해진다.

내 소대원들이 다 죽어가는 상황만 아니었다면, 지금 바로 출발하고 싶을 정도다.

그때, 앨리스가 지도를 펼치고.

"토리스의 유적은 이쯤에 있지. 조사하고 있을 러셀을 몰래 쫓아서 유적 내부로 들어가자. 유적 안에는 방어 장치와 함정이 있을지도 모르니까, 그런 건 그 녀석들에게 제거하게 하는 거야. 그리고 가장 깊은 곳에 도착한 순간에 습격해서 병기를 가로채는 거지."

""좋은 생각인걸.""

나와 타이거맨이 한목소리로 말했다.

전투와 함정 해체 때문에 지친 상태에서 골에 도착한 그 녀석들이 노리던 물건을 발견하고 안도한 순간, 기습한다.

악의 조직의 귀감이 될 것처럼 멋진 작전이다.

"타이거맨 씨, 말끝에 냐옹 안 붙였거든요?"

"지금은 너희밖에 없으니 괜찮다. 하지만 유적 내부에서 미행은 몸집이 큰 나에게 어렵겠지. 어쩔 수 없나. 이번에는 남아야겠군 냐옹."

타이거맨이 그렇게 말하면서 꼬리를 흔들고 있을 때, 앨리스가 지도 위에 돌을 올렸다.

"타이거맨이 맡을 일도 쉽지는 않을걸. 너는 이곳에서 침공해 올 마왕군을 저지해야 한다. 이곳이 돌파당하면 토리스 군도 덩달아 공격을 시작하겠지. 병기 강탈에 성공한다면, 그걸 이용해 협박이란 형태의 협상도 가능할 거다. 하지만 실패한다면 두 나라를 상대로 결전을 벌여야 되지. 책임이 막중한 일인 만큼, 믿고 맡기마."

"이 매복 포인트는 숲이잖아. 나는 밀림의 왕자 타이거맨이라고. 숲에서의 방어전이라면, 눈을 감고 싸워도 이길 수 있다냐옹."

"역시 타이거맨이에요. 냐옹냐옹하는 게 징글맞게 멋지네요."

괴인 카멜레온맨과 타이거맨.

성적 취향과 인격은 좀 그렇지만, 숲에서의 전투라면 이들이 키사라기의 투톱이다.

앨리스는 나와 타이거맨을 쳐다보며…….

"좋아. 그럼 다시 토리스로 간다. 거기에는 마왕군 간부가 머물고 있지. 토리스 왕국 내부는 전쟁 준비 때문에 혼란스러울 테니, 그 녀석들은 빨리 유적 조사를 마치고 싶을 거다."

그렇게 말한 후, 말아쥔 주먹을 치켜들었다.

"우리는 악의 조직이다. 그 녀석들을 잘 이용해서, 성과만 중간에서 가로채자!"

""오~!""

우리는 힘차게 고함을 지르며 주먹을 맞댔다.

【중간 보고】

  사소한 문화 차이로 이웃 나라와 전쟁 상태에 돌입.

  지구에서는 환영받는 장기자랑이, 고지식한 나라에서는 모욕적인 짓으로 여겨지는 듯함.

  문화적 차이라고 하니, 이 별의 육식 여자는 지구의 같은 타입의 여자보다 훨씬 행동력이 강함.

  하마터면 잡아먹힐 뻔했지만, 분위기에 휩쓸리지 않고 관계를 맺는 것을 회피.

  아마 다른 자였다면 잡아먹혔을 것으로 예상됨.

  그런 만큼, 앞으로 조난 등의 긴급 상황에는 물과 식량의 무료 전송을 제안합니다.

  생명이 걸린 일이니, 검토 바랍니다.

보고자 : 육식 여자에게 인기 좋은 전투원 6호

COMBATANTS WILL BE
DISPATCHED!

전투원,

ILLUSTRATION
카카오 란탄
KAKAO LANTHANUM

아카츠키 나츠메
NATSUME AKATSUKI

파

견

합니다!

강한 파트너와
똑똑한 파트너

1

다음 날.

시체가 됐던 세 사람이 부활했기에, 티리스에게 받은 새로운 임무를 설명해 줬더니…….

"으……흑……. 으윽……으에엥…………."

현재 우리는 앨리스가 조종하는 신품 버기를 타고, 해 질 녘의 황야를 달리며 다시 토리스로 가고 있었다.

차 안에서 내 설명을 들은 로제가 어이없다는 표정으로 그렇게 말했다.

"왕자한테 그런 짓을 하고도 또 금방 토리스로 간다니, 대장님은 때때로 참 바보 같네요."

"너도 얌전하게 생겼으면서 때때로 독설을 뱉네. 게다가 육식이 잖아."

조수석에는 스노우가 앉았고, 나를 비롯한 다른 멤버는 뒷좌석에 앉아 있었다.

얼마 전 버기를 탔을 때만 해도 텐션이 치솟았던 그림은 장기간 말라비틀어진 상태로 지내서 뇌에 문제가 생겼는지 좌석 위에서 무릎을 꼭 끌어안은 채 공허한 눈으로 뭔가 중얼거리고 있었다.

그리고…….

"으……흑……. 으아아앙……. 돈이……. 내 급여가……."

"어이, 6호. 아까부터 찡찡대는 이것을 좀 어떻게 해 봐라."

조수석에 앉은 스노우가 아까부터 계속 울먹거리고 있었다.

물의 열매 채집 임무를 실패하면서, 일전의 강등에 이어 감봉까지 당한 것 같았다.

"하아. 야, 스노우. 급료가 깎인 거 가지고 너무 그러지 마. 나를 보라고. 나는 급료를 받으면 그 주에 다 써버리거든. 그래도 꽤 즐겁게 살고 있어. 역시 인생은 돈이 전부가 아니야."

"즐거운 건 내가 주는 용돈 때문일 텐데?"

"너, 너, 앨리스 같은 어린애한테 용돈을 받는 것이냐……. 인간적으로 문제가 있는 것 아니냐……."

위로해 주려고 했는데, 왠지 내가 욕을 먹는 전개.

"그래도 이번 감봉은 뼈아프다. 그것도 심하게 말이야……. 으으, 일전에 마왕군 간부인 하이네가 녹여버린 빙결검을 새로 마련할 생각이었는데……."

스노우가 또 훌쩍거리자 앨리스가 성가시다는 투로 중얼거렸다.

"어쩔 수 없지. 어이, 스노우. 이번 임무에서 도움이 되면, 내가 용돈을 주마. 또한, 유적에 잠들어 있는 것을 손에 넣는다면, 네 급료 석 달 치의 보너스를 주겠다. 그걸로 어떠냐?"

"앨리스 니이이이이이이임!"

이 녀석을 어떻게 다루면 될지 슬슬 알 것 같다.

앨리스는 운전 중인 자신한테 들러붙는 스노우를 성가시다는 듯이 밀어내며 말했다.

"이번에는 잠입이 목적이니까, 유적에서는 평소처럼 성질 급하게 행동하지 마라."

"알겠습니다, 앨리스 님! 이 스노우, 꼭 도움이 되겠나이다!"

아까 나한테 인간적으로 문제가 있는 게 아니냐며 멸시했던 스노우가 손바닥 뒤집듯 태도를 바꿨다.

"저기, 너란 여자는 대체 무슨 업보가 있는 거야? 전생에 어떤 악행을 저질렀으면 이렇게 사는 건데? 어떤 인생을 살면 너처럼 되냐 말이야."

"시끄럽다. 앨리스 님에게 용돈을 받는 네가 그딴 소리 하지 마라. 돈이라는 것은 그 무엇보다 소중하지. 나는 돈을 위해서라면 동료도, 지인도, 얼굴도 모르는 부모조차도 내버릴 수 있다."

"최악의 발언을 끊어서 미안한데, 나를 앨리스 님이라고 부르지 마라."

이런 욕심쟁이 여자는 나보다 더 키사라기에 어울리지 않을까.

더는 얽히지 말자고 생각한 나는 옆에서 육포를 씹고 있는 육식 키메라를 보았다.

"그런데, 로제. 너, 진짜로 사막에서 있었던 일을 기억하지 못하는 거야?"

"대장님, 또 그 소리예요? 몇 번이나 말했다시피, 기억이 안 나요. 배고파서 의식을 잃을 뻔했는데, 정신을 차리고 보니 성 침대에 누워 있어서요. 그리고 제가 대장님을 덮칠 리가 없잖아요. 아무리 저라도 오크까지만 먹는다고요."

그렇다. 이 녀석은 나를 덮쳤던 일을 기억하지 못한다고 했다.

나는 정신을 차린 이 녀석에게, 물리적으로 잡아먹으려고 했던 것을 사과하라고 따졌지만…….

"그리고 대장님이 말이 사실이라면, 저도 뭔가 당한 건데요. 대체 무슨 짓을 한 거예요?"

"기억 안 나면 됐어. 뭐, 재미 좀 보기도 했고 말이야."

"대장님, 대체 저한테 무슨 짓을 한 거예요?! 화 안 낼 테니까 말해 줘요! 경우에 따라서는 책임을 져주세요!"

로제가 내 어깨를 양손으로 잡고 흔들며 말했다.

"난 책임지라는 말이——."

"딱 질색이라는 거죠?! 진짜 저질이네요! 잘은 모르겠지만, 그 말만은 기억에 남아 있어요!"

쓸데없는 걸 기억하고 있네.

『저기, 앨리스. 이 녀석은 진짜로 괜찮은 거야? 난 임무 중에 물리기 싫어.』

『검사 결과는 멀쩡했다. 미지의 생물 키메라는 인간과 다르니 확신은 없지만. 뭐, 굶지만 않으면 되겠지. 먹이로 잘 길들여라.』

앨리스는 느긋한 투로 말했지만, 잡아먹힐 뻔했던 나는 불안해서 어쩔 수 없다.

그때, 일본어로 대화하는 나와 앨리스에게, 스노우가 고개를 불쑥 들이댔다.

"전부터 생각했던 건데, 너희는 흉계를 꾸밀 때만 모국어를 쓰는 거지? 어이, 6호. 이래 봬도 나는 고지식한 기사들과 다르게, 유연한 사고회로를 지녔어. 그러니 너희가 무슨 짓을 꾸미든, 티리스 님에 대한 배신행위만 아니라면 협력하마."

이 녀석이 갑자기 무슨 소리를 하나 싶어 미심쩍어하자, 스노우는 뭔가를 착각한 것처럼 고개를 저었다.

"말 안 해도 안다! 기사로서 그래도 되는 거냐. 그러고도 전직 근위기사단의 대장이냐. 백성에게 존경받는 여기사 스노우가 그래도 되는 거냐고 생각하는 거지?"

"아닌데."

무심코 걸고넘어진 내 말도 아랑곳하지 않고, 스노우는 과장되게 주먹을 쥐며 말했다.

"하지만, 나는 진정으로 이 나라를 사랑한다! 그레이스 왕국의 번영을 위해서라면, 타국이 어떻게 되든 상관없을 뿐만 아니라 악행이라도 얼마든지 저지르겠다. 그러니 6호, 앨리스. 말만 해라. 너희는 이제부터 향하는 유적을 조사할 거라고 했는데, 대체 무슨 일을 꾸미고 있는 거지? 나도 끼워다오. 뭐, 내 몫을 내놓으라는 소리는 안 하겠다. 푼돈 정도만 쥐게 해 주면 돼."

착각에 빠진 스노우는 눈을 욕망으로 완전히 물들이고, 미소를 지으며 말했다.

"토리스의 유적에는 대체 뭐가 잠들어 있지? 뭔가를 입수하면 보너스를 주겠다고 했는데, 그 뭔가가 대체 뭐냐? 그게 보물이라면, 너희가 그 일부를 경비로 접수하는 것도 눈감아줄 수 있다."

이 여자, 우리가 보물을 노린다고 생각해서, 티리스에게 전부 주지 말고 몰래 챙기자는 소리를 하는 건가.

『어이, 앨리스. 이 녀석도 키사라기에 영입할 거야? 악의 조직 전투원이 될 소질이 있어 보이잖아.』

『스노우는 악당이 아니라, 너와 마찬가지로 약아 빠진 조무래기 느낌이지. 욕심을 부리다 실패하면서, 점점 나락으로 떨어지는 타입 말이다.』

우리가 또 일본어로 이야기를 나누자, 뭔가를 착각한 스노우가 빙그레 웃었다.

성을 습격한 마왕군과 목숨을 걸고 싸우고, 로제와 그림을 위해 나에게 고개를 숙였던, 그 긍지 높고 동료를 아끼던 여기사는 어디 가버린 걸까.

키스한 후에 멋쩍은 듯이 웃으면서 나와의 교제를 긍정적으로 생각해 보겠다고 말한, 나이에 걸맞은 반응을 보였던 그 미녀는…….

"어떠냐. 결심했느냐? 출처가 불명확한 보물을 취급하는 곳이라면 내가 알지. 슬럼가에는 그런 걸 다루는 가게가 있거든. 헤, 헤헤……, 어떠냐? 서로에게 나쁜 이야기는 아닐 거라고 생각한다만……."

나는 음흉한 미소를 머금은 여자를 쳐다보며, 일전의 스노우는 죽었다며 체념했다.

"미리 말해 두겠는데, 유적에 잠들어 있는 건 보물이 아니야. 정체불명의 병기 같아."

"후후. 우리 사이에 뭘 그렇게 경계하는 거냐, 6호. 키스까지 한 사이 아니냐. 좀 신용해다오."

자기를 신용해달라고 말하면서, 내가 사실을 말하는데도 전혀 믿지 않는 스노우가 속삭이듯 말했다.

……이 녀석도 정말 성가신걸!

2

그 후로 시간이 얼마나 흘렀을까.

사막에서 개미귀신 비슷한 것에 습격당했던 것을 교훈으로 삼았는지, 앨리스는 불빛을 끈 채로 완전히 해가 져서 어두워진 밤길을 버기로 달렸다.

야간 투시 기능이 달린 안드로이드는 이럴 때 매우 편리했다.

어둠 속을 응시하며 운전하던 앨리스는 갑자기 눈을 가늘게 뜨며 중얼거렸다.

"슬슬 유적 근처에 도착했는데, 불빛이 보이는걸. 경쟁자들이 야영이라도 하는 걸까?"

앨리스의 말을 듣고 그쪽을 쳐다보니, 조그마한 불빛이 보였다.

서서히 속도를 줄이며 다가가니, 이윽고 그 불빛에 비친 거대한 건물이 눈에 들어왔다——.

"……되게 크네."

크기는 도쿄 돔 정도 될 것 같았다.

이 세상의 문명 수준을 생각하면, 비정상적인 건조물이다.

무심코 내가 그렇게 말하자, 앨리스는 감탄하는 듯 말했다.

"이 세상의 고대 문명이라는 것도 무시 못 하겠는걸. 어이, 6호. 이런 건조물을 만든 문명인 만큼, 이 안에 남겨져 있는 고대 병기도 꽤 기대되지?"

"그리고 그 고대 병기는 폭주해서, 그걸 손에 넣으려 한 우리에게 송곳니를 드러내는 거지? 나는 안다고. 그런 일이라면 실컷 봤거든."

적들에게 들키지 않게 버기를 세운 우리는 앞으로 어떻게 할지 상의하기로 했다.

"가능하면 해가 뜨기 전에 유적 조사를 마치고 싶어. 그래야 내가 지닌 강대한 힘의 은총을 받을 수 있거든."

해가 진 덕분에 완전히 부활한 건지, 야행성인 그림은 힘찬 목소리로 그렇게 말했다.

"앨리스처럼 완전히 부정하려는 건 아니지만, 요즘 네 오컬트 능력이 도움이 된 기억이 없거든? 네가 활약하는 날이 오긴 하는 거야?"

"자, 잠깐만 있어 봐! 나는 대주교 그림 님이거든? 위기에 처하면 나한테 의지하란 말이야!"

그림은 요즘 완전히 짐짝이었던 만큼, 좀 활약해 주면 좋겠다.

한편, 야영지의 불빛을 쳐다보던 스노우가 입을 열었다.

"좋아. 그럼 이제부터의 행동 말인데……. 저 녀석들도 우리가 토리스에서 도망친 직후에 다시 돌아올 거라고는 생각도 못 하겠지. 그러니 좀 비겁한 작전을 제안할까 한다."

스노우는 음흉한 미소를 지으며 말을 이었다.

"저 녀석들은 아마 방심하고 있겠지. 이곳은 이미 토리스 왕국인 만큼, 경계해야 하는 건 지성이 없는 마수 정도니 말이다. 그러니 유적 조사만이 아니라, 어둠을 틈타 확 저 녀석들을……!"

"스노우 씨, 요즘 대장님한테 너무 물든 것 아니에요?"

"저기, 스노우. 너는 나나 로제와 다르게 어엿한 기사잖아? 아무리 상대가 적이라도, 암습은 좀 그렇지 않아……?"

자신만만하게 내놓은 아이디어를 로제와 그림에게 부정당한 스노우가 어둠 속에서 부르르 떨었다.

"어쩔 수 없지 않느냐! 상대는 마왕군 간부, 그것도 둘이나 된단 말이다! 어이, 6호! 앨리스! 너희라면 이 작전이 얼마나 효과적인지 이해하지?! 너희는 무력한 보급 부대를 습격했을 뿐만 아니라, 다스터의 탑을 어이없는 방법으로 공략했지 않느냐! 굳이 따지자면 나와 비슷한 생각일 텐데. 어째? 내 작전에 찬성하지?!"

스노우는 자기편을 찾듯 필사적으로 말했지만…….

"어이, 스노우. 나를 뭐로 보고 그런 소리를 하는 거야? 키사라기의 전투원이 그렇게 쪼잔한 짓거리를 할 것 같냐고."

"바로 그거다, 6호. 말 한번 잘했다. 그래야 키사라기의 전투원이지."

우리에게 배신당한 스노우는 눈을 치켜뜨며 깜짝 놀랐다.

"자, 잠깐! 나는, 요즘 너희와 함께 행동하며 파악한 취향에 맞춰서……!"

스노우가 필사적으로 변명을 늘어놓자, 우리는 절레절레 고개를 저었다.

"앨리스, 들었어? 우리 취향에 맞췄다네. 하아, 키사라기를 뭐로 보고 저딴 소리를 하는 건지 모르겠어."

"동감이다. 어이, 6호. 딱 잘라 말해 줘라."

비난을 듣고 서서히 울상이 되는 스노우에게 말했다.

"오늘은 여기서 아침까지 휴식한 후, 저 녀석들을 미행하자. 함정이나 경비 등은 저 녀석들이 쓰러뜨리게 두는 거야. 그리고 피폐해진 상태에서 목적지에 도착한 저 녀석들이 기쁨에 젖으며 방심한 순간에 습격하는 거지. 이만큼 잘 대접해 주는데 왜 밤중에 기습하는 쪼잔한 작전을 하냐고."

"역시 6호. 말 잘했다. 그래야 키사라기의 전투원이지."

나와 앨리스는 고개를 끄덕인 후, 울고 불고 날뛰는 스노우를 무시하며 잠자리에 들었다.

3

다음 날 아침.

"어이, 6호. 언제까지 자고 있을 거냐! 일어나라! 적들의 모습이 보이지 않는다. 이미 유적에 들어간 것 같아!"

차 안에서 자던 나는 스노우의 고함을 듣고 잠에서 깨어났다.

"뭐야~ 아침부터 되게 시끄럽네~……. 한 템포 늦게 쫓아가야, 미행하는 게 들키지 않는다고……."

"됐으니까 빨리 일어나라! 유적의 보물을 빼앗기면 어쩔 거냐!"

우리가 찾는 건 보물이 아니라고 했지만, 이 녀석은 전혀 믿지를 않네.

아침부터 텐션이 하늘을 찌르는 스노우의 재촉에 따라, 우리는 아침을 간단하게 때운 뒤 마왕군 녀석들을 뒤쫓기로 했다.

원래라면 봉인되어 있을 유적의 문은 러셀이 연 건지, 활짝 열려 있었다.

입구에서 내부를 살펴보니, 두껍게 깔린 바닥의 먼지가 이 유적이 오랫동안 봉인되어 있었다는 사실을 알려주고 있었다.

"저기 좀 봐, 앨리스. 지금까지는 완전 판타지였는데, 이제 와서 SF 느낌으로 바뀌었어."

그랬다. 유적 내부 곳곳에는 불이 켜져 있으며, 정체불명의 소재로 된 벽과 통로가 사이버펑크 분위기를 자아내고 있다.

"역시 이 별은 문명 레벨이 기묘해. 과거에 발전한 문명이 있고, 그것이 붕괴했다고 보는 게 맞겠지. 애초에……."

거기까지 말한 앨리스가 은근슬쩍 로제를 쳐다보자, 나 또한 덩달아 로제를 쳐다보았다.

"왜, 왜 그래요? 왜 저를 쳐다보는 거예요?!"

오호라.

"이 녀석 자체가 비정상적인 생물이니까 말이야."

"그래. 이 별의 생태계는 여러모로 이상하지만, 로제가 그 극치라고 할 수 있지."

"무슨 이야기를 하는 건지 모르겠지만, 저한테 실례되는 소리하는 거 맞죠?!"

로제가 시끄럽게 떠들자, 나는 검지를 입술에 대며 "쉿." 소리를 냈다.

그리고 몸을 웅크린 후, 이 자리에 남아있는 발자국을 턱으로 가리켰다.

"저기 좀 봐. 두껍게 쌓인 먼지 덕분에 미행하기 쉬울 것 같네. 그리고⋯⋯. 어이, 스노우."

"음? 뭐냐. 나한테 볼일이 있느냐?"

나는 다가온 스노우를 향해⋯⋯.

"벗어."

"아직 사막에서 조난했을 때의 기분에서 벗어나지 못한 모양이구나. 좋다. 하이네와 싸우기 전에 너부터 먼저 베어주마."

스노우는 내 말을 듣자마자 그대로 뚜껑이 열렸다.

"그 시끄럽게 덜컹거리는 갑옷을 벗으라는 거야. 너, 미행을 할 생각이 있긴 한 거냐?"

"윽⋯⋯. 어, 어쩔 수 없지. 잠시만 기다려라⋯⋯."

스노우가 유적 구석에서 갑옷을 벗는 사이, 나는 해가 떠서 그런지 꾸벅꾸벅 졸고 있는 그림에게 다가가서 말했다.

"너는 거기서 내려."

"대장, 그게 무슨 소리야?! 연약한 내 발바닥이 먼지로 범벅이 되어도 괜찮은 거야?!"

그림은 항의 삼아 발가락을 꼼지락거리면서 휠체어를 슬금슬금 후퇴시켰다.

"제정신 박혔으면 휠체어를 탄 채로 유적 탐색을 하지 않을걸? 계단이 있으면 어쩔 거냐고. 빨리 내려!"

"아아아아! 사막에서 발바닥에 화상을 입은 후로, 이 아이한테서 절대로 내리지 않기로 결심했는데!"

고집을 부리는 그림을 휠체어에서 끌어내려 두 발로 걷게 했다.

앨리스는 그런 우리를 보고 미간을 찌푸리더니…….

"조용히 좀 해라, 바보들아. 발각되면 어쩌려고 그래. 준비됐으면, 저 녀석들이 골에 도착하기 전에 따라잡자. 로제, 왜 그러지?"

앨리스의 말을 듣고 고개를 돌려보니, 로제가 유적 내부를 두리번거리며 고개를 갸웃거리고 있었다.

"아, 아무것도 아니에요……. 제가 발견된 것과 다른 유적인데도, 벽의 형태와 문양이 왠지 눈에 익어서요……."

이 유적은 최근까지 봉인되어 있었다.

하지만 이곳의 외벽을 눈에 익다고 느낀 것을 보면, 역시 로제는 고대 문명의 산물이라고 봐야 할 것이다…….

바로 그때였다.

고대 문명의 유산이라는 낭만 넘치는 말에 내가 빠져 있을 때, 스노우가 이를 가는 소리가 들렸다.

"큭……! 빠, 빠지지 않아……!"

"스노우 씨, 뭐 하는 거예요?! 조명을 빼면 안 된다고요!"

돈이 될 거라고 판단한 건지, 스노우는 외벽에 박혀 있는 조명을 빼려고 했다.

저 여자는 대체 어디까지 추락하면 직성이 풀릴까.

"야, 앨리스. 저 녀석은 그냥 두고 가는 편이 좋지 않을까?"

"도움이 되면 보너스를 주겠다고 이미 말해 버렸거든……."

4

유적 내부는 기본적으로 일방통행이었다.

도중에 조그마한 방이 몇 개나 있었지만, 방 안에는 무언가의 잔해만이 굴러다니고 있었다.

『어이, 앨리스. 저건 로봇 맞지?』

『오랫동안 방치되어서 낡기는 했지만, 로봇이 틀림없다.』

그것은 경비용 로봇일 것이다.

마치 길잡이처럼 안쪽으로 이어져 있는 잔해 덕분에, 탐색이 순조…….

"기다려라, 6호. 이 녀석을 가지고 돌아가면, 돈이……!"

"됐으니까 좀 가자! 따라잡지를 못하잖아! 그딴 건 이 일을 마무리한 후에 가지러 오면 된다고!"

순조롭지는 않았다. 욕심을 부리는 스노우 때문에 자꾸 이동이 멈췄다.

굴러다니는 잡동사니에서 뭔가 가치를 느낀 거겠지.

"어이, 앨리스. 네가 뭐라고 한마디 해! 보너스를 안 준다고 협박하면⋯⋯."

"흥미로운걸. 이 녀석들은 어떤 동력원으로⋯⋯. 응? 6호, 왜 그러지? 입을 쩍 벌리고 있으니 얼간이 같아 보이는걸."

너도 똑같냐.

보아하니 앨리스마저 잡동사니에 흥미가 생긴 건지, 여기저기를 만지작거리고 있었다.

로제가 움직이지 않는 로봇의 옆에서 고개를 갸웃거린다.

"왜 그래? 너도 그게 신경 쓰이는 거야?"

"아뇨, 그런 건 아닌데요. 왠지 이 애들과 논 적이 있는 것 같아서⋯⋯."

로제가 흥미로운 말을 중얼거리면서 로봇의 팔에 손을 얹은 바로 그때였다.

어둑어둑한 전방에서 누군가의 목소리 같은 것이 들려오더니, 붉은빛이 번쩍였다.

우리는 서로를 쳐다보며 고개를 끄덕인 후, 소리를 내지 않으며 신중히 걸음을 옮겼고⋯⋯.

곧 우리가 도착한 곳에는⋯⋯.

부서진 경비용 로봇 앞에 선, 하이네와 러셀이 있었다──.

"──여기까지 오면서 꽤 고생했지만, 슬슬 골 근처까지 온 것 같네. 러셀, 너도 마력을 꽤 소모했지? 좀 쉬는 게 좋지 않겠어?"

"나는 아직 괜찮아. 전투 키메라의 마력은 무한하거든. 음식만 충분히 섭취한다면, 온종일 물 마법을 쓸 수도 있어."

우리가 지켜보는 가운데, 하이네와 러셀은 태연하게 수다를 떨고 있었다.

아마 경비용 로봇을 격퇴한 직후라 저러는 것이리라.

하이네의 불 마법 탓에 주위의 온도는 꽤 높았으며, 이마에 땀방울이 맺혔다.

그러고 보니 저 녀석은 방금 전투 키메라라는 말을 입에 담았다.

앨리스는 러셀이 이 유적의 관계자일 거라고 예상했는데, 아무래도 그 예상이 적중한 것 같다.

"그럼 빨리 공략하자. 야영도 이제 질렸거든. 이렇게 으스스한 곳에서 빨리 나가서 마왕성에 돌아가 푹 자고 싶어."

"나한테는 고향 같은 곳인데 말이야……. 뭐, 어쩔 수 없을 거야. 하이네는 현대 환경에 적응한 마족이잖아."

러셀이 신경 쓰이는 말을 연이어 입에 담았지만, 지금 중요한 것은 저들을 미행하는 것이다.

나는 동료들에게 신호를 보낸 후, 최고의 타이밍에 습격하기 위해 살금살금 미행했다——.

"——하이네, 저쪽 통로에서 새로운 가디언이 다가오고 있어! 이쪽은 내가 맡을게! 저쪽을 부탁해!"

"나한테 맡겨! 내 불로 태워버리겠어! 그나저나 더럽게 많네!"

역시 마왕군 간부들이다.

저 둘은 손쉽게 경비용 로봇을 해치우며 성큼성큼 나아갔다.

"──큭, 함정이야! 러셀, 괜찮아?! 다친 데는 없어?!"

"하이네가 감싸준 덕분에 나는 멀쩡해. 그것보다 네가 다쳤잖아! 치료해 줄 테니까 상처를 보여봐."

때로는 함정에 걸려서, 다치기도 하지만…….

"이 정도는 생채기야. 그리고 러셀이 죽으면 곤란하거든. 모래의 왕 퇴치는 마족이 바라는 일이고, 그것을 해낼 수 있는 건 너뿐이잖아."

"하이네……. 그래. 마족 전체를 위해서라도, 이 사명을 완수할 때까지는 절대로 죽을 수 없어……."

"바보 같은 소리 하지 마. 사명을 완수한 후에도 절대로 죽게 두지 않겠어. 너는 아직 어린애잖아. 어린애를 지키는 건 어른의 역할이거든."

때로는 동료 간의 유대를 확인했고…….

"또 나를 어린애 취급하는 거야?! 좋아, 두고 봐. 하이네가 위기에 처하면, 내가 지켜주겠어."

"아하하. 그거 재미있겠네. 기대하고 있겠어!"

그런 즐거운 대화를 지켜보며…….

(헷헷헷……. 저 녀석들, 우리가 미행하는 줄도 모르고 완전히 방심했네. 골에 도착하면 참 즐겁겠군!)

우리는 몰래 뒤따르며 편하게 이동하고 있었다.

(어이, 6호. 저 녀석이 저렇게 애쓰는 모습을 보니, 보물을 가로

채기 꺼림칙한데…….)

　(이제 와서 무슨 소리를 하는 거야. 상대는 마왕군 간부라고. 저 녀석들이 찾는 물건을 강탈하는 거야말로 정의란 말이야. 양심 같은 건 내던져 버려!)

　스노우의 말에 대꾸하는 사이에도, 하이네 일행은 계속 전진했다.

　(그것보다 그림, 이 거리에서 몰래 저주를 걸 수는 없어? 저 녀석들은 둘 다 마법사 타입 같으니까, 다음에 경비용 로봇이 나타난 타이밍에 일시적으로 마법을 못 쓰게 하는 저주를 거는 건 어떨까? 그럼 분명 고전할걸?)

　(타인을 저주하려면 꽤 큰 소리로 말해야만 효과가 있어. 그래도 꽤 괜찮은 수법이네. 기회가 보이면 시도해 볼게.)

　(대장님, 저는 죄책감에 사로잡힐 것만 같은데요…….)

　저 녀석들을 습격할 방법을 그림과 상의하고 있을 때, 동족 같은 러셀이 신경 쓰이는 건지 아까부터 얌전히 있던 로제가 그렇게 중얼거렸다.

　(로제, 마음 단단히 먹어. 이 작전에는 국가의 명운이 달렸어. 우리에게 실패는 허락되지 않아. 그러니 참아. 돌아가면 맛있는 밥을 배부르게 사줄게.)

　(전부터 생각했던 건데, 저는 밥만 주면 뭐든 시키는 대로 하는 건 아니거든요? 이번에는 따르겠지만요!)

　로제를 먹을 것으로 살살 구슬리는 사이, 하이네 일행의 전투가 끝난 듯하다.

이렇게 관찰해 보면 저 녀석들이 얼마나 강한지 알 수 있다.

역시 정면에서 그냥 싸우는 것은 피하고 싶다.

──그 후로 얼마나 흘렀을까.

앞장을 서던 하이네 일행이 걸음을 멈췄다.

"아무래도 이곳이 골인 것 같네……."

조그마한 방 여러 개를 지난 하이네 일행이 최종적으로 도착한 곳은 널찍한 홀 같은 방이었다.

이 방의 한가운데에는 거대한 유리 케이스가 있었으며, 그 안에는 무언가가 들어있었다.

멀리서 봐도 알 수 있었다.

그것은 거대한 로봇이었다.

한동안 케이스 안의 로봇을 뚫어지게 쳐다보던 하이네는 퍼뜩 정신을 차리며 밝은 목소리로 말했다.

"이게 모래의 왕에게 대항할 수 있는 비장의 카드야? 어마어마하게 거대하네……!"

하이네가 그렇게 말하자, 러셀이 대꾸했다.

"그래. 원래 이 녀석은 지상에 번식한 원숭이들을 쓸어버리기 위한 병기야. 이걸로 모래의 왕을 제거한 후, 지긋지긋한 인류도 말살할 수 있어."

여기까지 왔으면 이제 됐겠지.

나와 앨리스는 서로 고개를 끄덕인 후, 다른 멤버들에게 신호를 보냈다.

그런 우리의 움직임을 눈치채지 못한 하이네는 러셀을 달래듯
이렇게 말했다.

　"또 그런 소리를……. 그렇게 인간이 미운 거야?"

　"그래, 미워. 그게 나를 만든 창조주의 소망이기도 하거든. 하이
네는 그 녀석들이 밉지 않아? 몇 번이나 곤욕을 치렀다면서?"

　러셀이 그렇게 묻자, 하이네는 쓴웃음을 지었다.

　"쓴맛을 보기도 했지만, 이건 전쟁이잖아. 그 녀석들을 일일이
미워하다간, 전쟁이 영원히 끝나지 않……. 아니, 그래도 미워.
그 남자만은 가만두지 않을 거야."

　"그, 그렇구나. 그 남자라면 토리스에서 봤던 그 자식이지? 기
회가 생기면 그 자식의 숨통을 끊는 일은 너한테 양보하겠어."

　두 사람이 이야기하는 사이, 나는 슬금슬금 뒤로 이동했다.

　"뭐, 이 녀석이 가동되면 전쟁은 금방 끝나겠지만 말이야. 그럼,
러셀. 기대할게."

　"나만 믿어. ……응. 상태도 좋고, 고장 난 곳도 없는 것 같네.
이 정도면……."

　그렇게 아무 말 없이 다가간 후……!

　"뒈져버려어어어어어어엇!"

　"헉?!"

　완전히 방심한 러셀의 사타구니를 등 뒤에서 걷어찼다.

"마왕군 간부, 물의 러셀을 해치웠다아아아아아앗!"

"러세에에에에엘?!"

러셀이 무너지듯 무릎을 꿇으며 쓰러지자, 하이네는 비통한 절규를 토했다.

몰래 접근한 우리는 그대로 하이네를 포위했다.

"자아, 얌전히 두 손을 들어!"

"유유, 6호?! 네가 왜 이런 곳에……?!"

아직도 혼란에 빠진 하이네는 나와 앨리스가 총을 겨누자, 순순히 손을 들었다.

"유감이지만, 이 거대 병기는 우리가 회수하겠어. 괜히 저항하면, 네가 아니라 저기 굴러다니는 꼬맹이를 먼저 공격할 거야."

"""우와아…….""""

미리 작전을 설명해 줬는데도, 내 부하들은 질겁했다.

내 말을 들은 하이네가 상황을 이해한 건지 깜짝 놀란 표정을 지었다.

"너너, 너, 이 자식! 잠깐만 있어봐. 너 혹시 우리를 계속 미행했던 거야?! 고생은 우리한테 다 떠넘기고, 마지막에 저걸 싹 가로챌 생각이었던 거지?!"

"오, 잘 아네. 맞아. 적과 함정을 처리하는 너희 뒤를 편하게 따라왔지."

"너무해! 치사해! 해도 되는 짓과 안 되는 짓이……!"

하이네는 울상을 지으며 항의했다.

아니, 그런 식으로 말해도 우리는 악의 조직인데…….

게다가 악행 포인트가 가산되지 않는 것을 보면, 방금 그건 대단한 악행도 아닐 것이다.

"사소한 건 아무래도 상관없어. 얌전히 포로가 되라고. ……그것보다 하이네 씨~? 너, 아까 '아니, 그래도 미워. 그 남자만은 가만두지 않을 거야.' 라 말했지? 그 남자는 대체 누구야?"

"히익?! 그그, 그게, 네가 아니라…….."

내가 쪼잔하게 들볶는 와중에도, 하이네는 쓰러진 러셀을 계속 신경 썼다.

아, 맞다. 이 꼬맹이는 아는 게 많아 보였지.

이 녀석을 깨워서 정보를 캐내야겠어.

"어이, 앨리스. 이 꼬맹이한테서는 정보를 알아내."

"나한테 맡겨라. ……아. 어이."

딱딱 대답한 앨리스는 러셀의 곁에서 몸을 웅크리더니…….

"이 녀석, 숨을 안 쉬는데. 크리티컬 히트군. 제법이잖아, 6호."

"러셀~!"

앨리스의 말을 들은 하이네가 소리쳤다.

"어, 정말?! 어, 어이, 큰일 났잖아! 이, 인마, 일어나! 앨리스, 뭔가 방법이 없을까?!"

"일단 강심제를 주사해 보겠지만, 그래도 안 되면 포기해."

나와 앨리스 이외의 모든 멤버가 완전히 질겁한 가운데, 치료가 효과가 있었던 건지 러셀이 다시 숨을 쉬기 시작했다.

"으……. 뭐가 어떻게 된 거지……?"

"오, 안녕. 정신이 들었냐? 너는 내 일격에 중상을 입고 빈사 상태가 됐어. 하지만 승패가 갈렸으니, 우리가 자비를 베풀어 치료해 준 거야."

여전히 얼굴이 파랗게 질린 러셀을 가까이에서 들여다보며, 나는 경위를 설명했다.

(어이, 저 남자가 저딴 식으로 이야기하고 있다. 기습으로 골로 보내버릴 뻔한 후에 허둥지둥 치료했으면서…….)

(승패가 갈렸다고 멋대로 떠드네요…….)

(제나리스 님도 질리신 것 같아. 저기, 앞으로도 이런 대장을 따라가도 괜찮을까?)

외야에서 수군거리는 가운데, 러셀이 주위를 둘러보더니…….

"그래. 기습을 당했구나. 그리고 너는 이 병기를 가로채기 위해 내가 부활할 때까지 기다린 거지?"

"그렇게 된 거야. 어이, 괜한 생각 하지 말라고. 네가 허튼 움직임을 보이면, 저 기계와 함께 너를 공격할 거야."

"마족인 내가 이런 말을 하는 것도 우스운 일이지만, 인간이 이래도 되는 거야?!"

하이네가 뭐라고 떠들고 있지만, 지금 중요한 건 거대 병기다.

"우선 이걸 열어 주실까. 그 후에는 이 덩치를 조종하는 법을 가르쳐 줘."

(스노우 씨, 왠지 사악한 사람이 된 느낌이 들어요. 더는 쳐다보지도 못하겠다고요.)

(나, 나한테 그런 소리 하지 마라……. 이건 조국을 위한, 그래, 조국을 위한 일이다…….)

(저기, 스노우. 내 눈을 똑바로 봐.)

외야에서 수군거리는 소리를 무시한 나는 러셀의 설명에 귀를 기울였다.

"기동 방법은 간단해. 이 시설의 관계자라면, 누구라도 조종할 수 있거든."

러셀은 순순히 유리 케이스를 열더니, 허탈할 정도로 순순히 이야기해 줬다.

목숨을 위협한 강력한 내 일격에 겁을 먹은 걸지도 모른다.

"구체적으로 어떻게 조종하는 거야?"

"이렇게 하면 돼."

내 의문에 답하듯이 러셀의 몸이 한순간 빛나더니, 갑자기 사라졌……?!

"어이, 6호! 이게 어떻게 된 것이냐?! 물의 러셀이 저 안으로 빨려 들어갔다!"

스노우가 황급히 외칠 때, 나는 기계를 파괴하려 했다.

하지만 안에 있던 로봇은 맥이 뛰는 것처럼 반짝거리더니……!

"젠장, 이미 손 쓰기엔 늦은 느낌이 풀풀 나네……!"

"6호, 일단 이 자리를 벗어나자! 이 녀석을 손에 넣는 건 포기하고, 파괴로 이행하는 거다!"

앨리스의 경고를 듣고 재빨리 물러나자, 뚜껑이 열린 유리 케이스에서 거대한 팔이 튀어나왔다.

튀어나온 팔 하나만 해도 어른을 뭉갤 만큼 컸다.

그 병기는 우리가 히어로들과 싸울 때 몇 번이나 봤던 물건이다.

그렇다. 케이스에서 몸을 일으킨 것은 인간형 거대 로봇이었다.

"꼼짝 마아아아아아앗!"

나는 총을 겨누고, 몸을 일으킨 거대 로봇을 향해 외쳤다.

처음에는 그것을 무시하듯 움직이던 러셀은 내 총구가 어디를 겨누고 있는지 눈치채더니 움직임을 멈췄다.

이 녀석은 총을 모르겠지만, 내가 총구를 겨눈 하이네의 반응을 보고 이것이 위험한 물건이라는 사실을 눈치챈 것 같았다.

"6호, 너, 인간적으로 이러는 건 아니지 않느냐……."

스노우가 완전히 질린 듯한 투로 그렇게 말했지만, 솔직히 말해 지금은 그런 걸 신경 쓸 때가 아니다.

양손을 든 하이네를 인질로 삼고, 나는 뒤에서 총구를 겨눴다.

하지만 그런 내 행동에 적뿐만 아니라 아군도 질린 것 같았다.

한편, 인질이 된 하이네는 깊은 한숨을 내쉬었다.

그리고…….

"러셀, 뒷일은 맡겨도 되지?"

"응. 이것만 있으면 식은 죽 먹기야. 먼저 돌아가서 기다려."

두 사람의 대화를 듣고 바로 감이 왔다.

이건 하이네가 어떤 도구나 힘을 이용해 도망치는 패턴이다.

내 예상을 뒷받침하듯, 하이네는 품속에서 돌을 꺼내더니……!

"잘 들어, 6호! 이번에는 무승부야! 다음에 만났을 때는……어?! 잠깐……! 꺄아아아아아아아!"

"그렇겐 안 돼애애애애애애!"

나는 하이네의 품속에 손을 집어넣어 돌을 빼앗으려고 했지만, 유감스럽게도 한발 늦었다.

아마 텔레포트 아이템의 일종일 것이다.

하이네의 모습이 사라지고 이 자리에 남은 건…….

"어라. 해냈잖아, 6호. 보물을 손에 넣었는걸."

내 손에 남은 건, 하이네가 착용하고 있던 브래지어였다.

"그, 그건……. 그래. 하이네는 전이석을 썼지. 6호에게 잡힌 속옷만, 전이에 실패한 건가……."

스노우가 전이석이란 것을 설명해 줬지만…….

"그럼 하이네는 상반신 탈의 상태로 마왕성에 전이한 거네."

"하, 하이네……."

그림이 무정하게도 딱 잘라 말하자, 러셀은 얼굴을 실룩거리며 조용히 중얼거렸다.

그리고 내 머릿속에서는, 그 말을 뒷받침하는 듯한 안내 음성이 울려 퍼졌다.

《악행 포인트가 가산됩니다.》

우리는 홀에서 도망치듯, 왔던 길을 따라 필사적으로 달렸다.

"멈춰! 하이네를 능욕한 이 원숭이 자식, 확 밟아 죽여주마!"

거대 로봇에 탄 러셀이 나를 원숭이라 부르며 쫓아왔다.

"시끄러워~! 그렇게 하이네의 속옷이 탐나는 거냐, 이 발랑 까진 꼬맹이야! 자아, 브래지어 줄 테니까 꺼지라고!"

나는 쫓아오는 거대 로봇을 향해 될 대로 되라는 듯이 속옷을 던졌다.

"이, 이 바보야! 나와 하이네는 그런 사이가…….."

러셀은 그렇게 말하면서도 펄럭거리며 떨어지는 속옷에 시선을 빼앗긴 탓에 한순간 움직임을 멈췄다.

그 틈에 작은 방으로 도망친 우리는 사냥감을 놓쳐서 화가 난 러셀이 멀어질 때까지 숨어 있었다.

"일단 피난은 했는데, 이제부터 어떻게 하죠? 싸우더라도, 상대가 저렇게 거대해서야…….."

로제가 숨을 헐떡이며 말했다시피, 저렇게 거대한 적에게 대항할 무기는 떠오르지 않았다.

"애초에 저 녀석은 여기서 나갈 수 있는 것이냐? 보아하니 밖으로 나가려면 이 방을 지나가야만 하는 것 같은데…….."

"그렇다면 좋겠지만, 고대인도 바보는 아닐 거야. 저 거인을 내보내기 위한 출구가 있지 않을까?"

스노우와 그림이 이런저런 추측을 하는 사이, 앨리스는 출구로 이어지는 길을 손가락으로 가리켰다.

"일단 입구로 돌아가도록 할까. 그 녀석이 밖으로 나갈 수 없다면 이대로 돌아가면 된다. 만약 우리를 쫓아서 밖으로 나온다면, 그때는 여기 틀어박혀서 장기전으로 가자."

"그러자고. 저런 덩치가 보급 없이 무한히 움직일 수 있을 리는 없을 것 같으니까."

앨리스의 말에 따라, 우리는 유적 입구로 돌아갔다.

하지만 예상대로라고나 할까, 최악의 결과라고나 할까…….

"늦었는걸. 오래 기다렸어. 안됐지만 너희를 놓치지 않을 거야. 그리고 이 유적은 이 녀석이 날뛰는 걸 버틸 수 있을 만큼 튼튼하지 않거든. 거기 틀어박히려고 해 봤자 소용없어!"

유적 입구에서 기다리고 있던 러셀이 거대 로봇 안에서 히죽거리면서 선언했다——.

"——자, 6호. 이제부터 어떻게 할 거지?"

유적을 파괴하는 소리에 맞춰 둔한 진동이 주위를 감싼 가운데, 앨리스는 바닥에 털썩 주저앉아서 이 상황에서 어울리지 않는 느긋한 어조로 그렇게 말했다.

나는 낮은 신음을 흘리며 잠시 고민한 후…….

"저 녀석은 성격이 불 같아 보이니까, 사과해도 용서해 주지는 않겠지? 하이네라면 마왕군에 들어가겠다고 말하면 눈감아줄 것 같지만 말이야."

"지금쯤 하이네는 자기 부하들 앞에서 가슴을 다 내놓고 있을 거다. 지금 너를 죽이고 싶어 하는 사람 넘버원 아닐까?"

내가 중얼거린 말에 딴죽을 날린 스노우는 주위를 둘러보았다.

탈출 경로라도 찾나 했더니, 스노우는 이 비상시국에도 주위에 떨어진 조명이나 각종 부품을 회수하고 있었다.

위기 상황인데도 변함없는 스노우의 이런 면은 본받아야 할까.

"내 저주를 써 볼까? 저게 거짓된 생명을 지닌 마법 생물, 골렘이라면 저주가 통할 거야."

"저건 마법으로 만든 존재가 아니라, 로봇일 것 같은데 말이야. 어이, 그림. 앨리스에게 저주를 써봐. 이 녀석도 정확하게는 골렘이 아니야. 저 커다란 녀석과 비슷한 존재지."

내 제안을 들은 두 사람이 각각 다른 반응을 보였다.

"아, 그 사기 말이로군. 좋아, 얼마든지 걸어봐라. 안드로이드에게 최면술이 통할 리가 없지."

"좋아. 내 힘이 진짜라는 걸 보여주겠어!"

그렇게 말하며 벌떡 일어선 그림은 마찬가지로 일어선 앨리스를 손으로 가리켰다.

"야, 그림! 실패했을 때를 생각해서, 일단 가벼운 저주를……."

"위대하신 제나리스 님, 이 불경한 꼬맹이에게 재앙을! 건물 파편을 맞고 나가 떨어져 버려!"

그 순간, 퍼억 하는 둔탁한 소리가 들렸다.

떨어진 건물 파편에 머리를 강타당한 그림이 바닥을 굴렀다.

"왜 이 녀석은 전투가 시작되기도 전에 항상 뻗는 거냐고!!"

"대장님, 벽이 위험해 보여요! 파편이 떨어지는 양도 늘었어요!"

시작부터 뻗어버린 그림을 보고 끙끙댈 여유도 없었다.

로제가 말한 것처럼, 유적이 무너지는 속도가 빨라지고 있다.

"어, 어이, 6호! 뭔가 방법이 없는 거냐?! 이 보물을 봐라! 이걸 가지고 돌아가면 한몫 잡을 수 있을 거다! 지금 포기할 수는 없어!"

"이 바보야, 그딴 건 빨리 버려! 도망치지 못할 거라고!"

젠장, 이 상황에서 어쩌면 좋지?!

내가 고민에 빠져 있던 바로 그때였다.

"대장님, 저는 어쩌면 저 사람과 동류일지도 몰라요. 그러니 협상해 보는 건 어떨까요⋯⋯? 어쩌면 겸사겸사 제 정체를 알 수 있을지도 모르고요⋯⋯."

얼굴만큼은 반반한 스노우를 바쳐서 봐달라고 부탁할지 생각하고 있을 때, 로제가 머뭇거리며 그렇게 말했다.

뜬금없이 무슨 소리를 하나 했지만, 잘 생각해 보니 괜찮을지도 모른다.

"좋아, 밑져야 본전이야! 잘 들어, 로제. 동료 의식이 고양되게, 네가 때때로 입에 담던 '할아버지 말대로 인류는 적이야.' 운운을 강조⋯⋯."

나는 거기까지 말하고 입을 다물었다.

로제는 밝은 표정을 지으면서 느긋한 어조로 제안했지만, 유심히 보니 희미하게 떨고 있었다.

대체 무엇을 두려워하는 건지는 모른다.

자신의 정체를 알게 되는 것이 두려운 걸까. 아니면 러셀이 탄 병기가 무서운 걸까.

아니다. 이 녀석은 호전적이니까, 애초에 이건 흥분해서 떠는 거지 겁을 먹지 않았을지도 모른다.

하지만…….

"너는 여기서 아무짝에도 쓸모없는 그림을 지키고 있어. 저 녀석은 내가 어떻게 해 볼게."

"어떻게 할 수 있긴 한 거예요?"

로제는 즉시 딴죽을 날렸다.

"야, 견습 전투원. 너, 키사라기를 얕보지? 키사라기의 기술은 엄청나다고. 저딴 덩치만 큰 굼벵이 따위는 우리한테 식은 죽 먹기야."

"잠깐만요, 제가 어느새 견습 전투원이 된 거죠?! 그건 거절했잖아요!"

로제의 항의를 무시한 나는 앨리스를 돌아보며 물었다.

"그래서 말인데, 앨리스. 위기를 돌파할 방법이 없을까?"

"방법이 딱 하나 있긴 하다. 하지만 리스크가 크지. 우선, 저 로봇의 회수는 포기해라. 그리고 예전처럼 포인트가 마이너스가 되는 걸 각오해야 하는데, 괜찮겠냐?"

내 질문에 앨리스가 즉답하자…….

"그 꼼수는 이제 못 쓰는 것 아니었어? 내가 단말을 조작해도, 포인트가 마이너스에 이를 경우에는 물건이 전송되지 않았다고."

원래라면 악행 포인트가 마이너스로 떨어지면 징벌부대가 찾아온다.

하지만 내가 이 별에 있는 동안에는 벌을 받을 리가 없다는 생각에, 파산 각오로 화끈하게 포인트를 탕진하려고 했는데……

"마이너스 포인트를 허용했다간 네가 끝도 없이 탕진할 게 뻔하지. 그래서 긴급 사태 이외에는 마이너스가 되지 않도록 신청해뒀다. 우선 나한테 진 빚부터 갚아라."

"나를 잘 아는 것 같아 기쁜걸. 빚은 나중에 갚을게."

뭐, 포인트가 마이너스가 되는 건 새삼스러운 일이다.

그런 건 리스크 축에도 들어가지 않을 텐데.

그 의문이 얼굴에 드러난 건지, 앨리스는 나를 시험하듯.

내 대답은 예상이 되지만 일단 물어봐 준다는 투로 말했다.

"마지막 리스크는 네가 시간을 끌어야 한다는 점이다. 너 혼자서 저걸 상대해야 하지."

나는 자신 있다는 듯이 흐흥 웃었다.

"그거라면 맡겨만 줘. 나는 끈질긴 생명력 하나는 정평이 나 있는 고참병, 전투원 6호 님이라고. 뭘 요청하려는 건지는 모르겠지만, 뒷일을 부탁해. 똑똑한 파트너."

"두뇌와 성격 관련으로는 불안하지만, 전투 관련으로는 믿으마. 강한 파트너."

이럴 때만 믿음직한, 이 입이 험한 안드로이드는……

내 등을 찰싹 소리가 나게 두드리더니, 키사라기의 단말을 손에 쥐었다.

"어이, 앨리스. 나는 뭘 하면 되겠느냐?!"

"너는 로제와 함께 나를 도와라. 내 지시대로 움직여. 조립에 시간이 걸리면 걸릴수록, 6호의 생존율이 떨어진다고 생각해라!"

조립? 뭘?

아니, 생각하지 말자. 머리를 쓰는 건 이 녀석에게 맡기자고.

나는 밖으로 뛰쳐나가서.

"비밀결사 키사라기 사원, 전투원 6호다! 되게 시끄럽게 구는 꼬맹이네! 벽을 차리면 러보흐텔에 가서 해!"

전투복의 근력 강화 장치를 켜고, 유적에 달라붙은 로봇의 다리를 걷어찼다……!

7

러셀이 탄 거대 로봇을 때린 나는.

"넌 대체 뭐 하자는 거야?! 촐싹촐싹 도망 다닐 거면, 애초에 나서지를 마!"

"시끄러워, 이건 똑똑한 이 몸의 작전이라고! 어떤 에너지를 쓰는 건지 모르겠지만, 그렇게 큰 덩치로는 오래 못 버티겠지!"

그 후로 오로지 회피에 전념하고, 거대 로봇의 발치에서 쫄래쫄래 도망 다니면서 러셀을 도발했다.

"이 녀석의 연료는 조종자의 생명력이야! 평범한 인간이면 금방 바닥나겠지만, 나 같은 키메라가 타면 장시간 가동도 문제없어! 그러니 적당히 성가시게 굴라고!"

러셀은 짜증을 내며 몇 번이나 짓밟으려 했고, 그때마다 지면이 흔들린 탓에 나는 넘어질 뻔했다.

하지만 저 로봇의 에너지가 바닥날 때까지 기다릴 생각은 눈곱만큼도 없다.

일부러 밖으로 나와서 도망 다니는 이유 삼아 둘러댔을 뿐이다.

"그 말과는 다르게 꽤 조바심을 내는 것 같은뎁쇼?! 적의 말을 순순히 믿는 바보가 어디 있냐! 나는 지구전에 익숙하거든! 몇 시간이든 도망 다녀 주겠어!"

"이게……!! 됐어, 약골은 거기서 구경이나 해! 먼저 네 동료를 뭉개 주겠어!"

러셀은 그렇게 말하더니, 다시 유적을 파괴하려고 하는데…….

"우헉?! 너, 너는 뭐가 하고 싶은 거야?! 진짜 짜증 나네! 반드시 짓밟아버리겠어!"

그러나 유리로 된 조종석 부분에 권총 총탄이 명중하자, 다시 나를 쫓기 시작했다.

시간을 끈다고는 해도, 매 순간이 정신적으로 힘들다.

무엇보다 반격 수단이 없는 점이 가장 큰 문제다.

"아아, 정말! 할 수 있는 것도 없으면서, 되게 끈질기게 구네! 이제 그만 체념하고 항복하란 말이야!"

아니, 있기는 했다.

속이 끓은 러셀이 등을 보인 순간, 나는 애용하는 무기를 허리춤에서 뽑고…….

"방심하면 썰어 버릴 거다~!"

내가 로봇에 타격을 주지 못한다고 완전히 방심한 거겠지.

나를 시야에서 놓쳤는데도 당황하지 않는 거대 로봇에 대고 R배소를 휘둘렀다!

"우왓?! 이, 이게 무슨……?!"

발목에 칼침을 맞은 거대 로봇이 균형을 잃으며 엉덩방아를 찧었다.

하마터면 깔릴 뻔했지만, 나는 가까스로 벗어났고…….

"어라, 뭐야. 고대 병기라는 게 겉만 번드르르하잖아. 완전 조무래기나 다름없는뎁쇼~!"

"이, 이 자식, 작작 좀 해!"

몇 번에 걸친 내 도발에 러셀은 발끈했지만, 나를 공격하는 것보다 내 동료를 인질로 잡는 게 쉬울 거라 판단한 거겠지.

나한테서 시선을 떼지 않은 채, 유적 파괴 작업을 개시했다.

역시 내가 시간을 끈다는 것을 눈치챈 걸까.

젠장, 이대로 유적이 파괴되면 곤란한데……!

그 한순간의 망설임이 화근이었다.

유적을 파괴하던 거대 로봇은 몸에 상처가 나는 것도 아랑곳하지 않고, 나를 향해 그대로 몸을 날렸다.

엄청난 충격을 받았다고 생각한 순간, 눈앞이 깜빡거렸다.

아니다. 눈앞이 깜빡거린 게 아니라, 아무래도 잠시 의식을 잃었던 것 같았다.

도망쳐야 한다고 생각했지만, 오른팔만 움직였다.

아, 큰일 났네.

말발로 이 위기를 벗어날 수 없을까 싶어서 러셀을 쳐다보니, 계속 도발당해서 속이 부글부글 끓은 것이리라.

거대 로봇의 조종석에서 어린애 특유의 잔혹한 미소를 지은 러셀이 거드름을 피우며 다가왔다.

"편하게 죽을 수 있을 거라고는 생각 마."

조무래기 악역 같은 소리나 하는 러셀에게…….

"멍청하긴. 그런 소리를 하면 될 일도 안 되는 법이라고."

나는 축 늘어진 채, 악의 길을 걷는 선배로서 충고해 줬다.

러셀은 내 말을 비웃더니, 나를 향해 손을 뻗다가——.

——유적 안에서 들려온 소리에, 움직임을 멈췄다.

그 소리가 신경 쓰인 것인지.

"이게 대체 무슨 소리지?"

나를 내려다보던 러셀이 경계심을 드러내며 말했다.

"그 녀석, 또 엄청난 걸 불러냈네……."

전투원이라면 누구나 들어본 적이 있는 중저음.

아군이 들으면 마음이 든든해지는, 적이 들으면 공포에 질리는, 키사라기에서 오래 일한 자라면 누구나 기억하는 엔진 소리.

그와 동시에 유적 내부에서 뭔가가 부딪치는 소리가 들렸다.

그것은 러셀이 유적의 벽을 공격할 때의 소리와 흡사했다.

서서히 커지는 파괴음과 진동에 러셀이 당혹스러운 표정을 지은 가운데…….

유적의 벽을 분쇄하면서, 그것은 모습을 드러냈다.

"아, 아니……."

그것을 본 러셀이 입을 뻐끔거렸다.

『오래 기다리게 했군, 파트너. 뒷일은 나한테 맡겨라.』

그것에 달린 외부 스피커에서 히어로 같은 대사가 들렸다.

러셀이 아연실색하는 것도 무리는 아니다.

호탕한 나의 파트너가, 러셀의 거대 로봇에게 필적하는 것을 타고 나타났다.

"저, 저저, 저게 대체 뭐야……."

느닷없이 유적의 벽을 부수고 나타난 것은 키사라기가 자랑하는 거대 다족 전투 차량.

대체 누가 이름을 붙였는지 모르겠지만, 디스트로이어라 불리는 거미형 병기였다.

　입을 쩍 벌린 러셀이 말문이 막힌 채 혼란에 빠진 가운데.

　일전에 앨리스가, 가다르칸드와 대치했을 때 했던 것처럼.

　고통스러운 몸을 억지로 움직인 나는 디스트로이어에 탄 앨리스를 향해.

　"해치워 버려!"

　오른손 엄지를 척 세웠다──!

8

　눈을 떠 보니, 당치도 않은 광경이 내 눈에 들어왔다.

　"…………야, 앨리스."

　"아, 정신이 들었군. 치료용 나노머신을 주입하기는 했는데, 어디 아픈 곳은 없냐?"

　그곳은 아지트에 있는 침대 위였다.

　나는 몸을 약간 비틀면서, 몸 상태를 확인했다.

　"아, 딱히 아픈 곳은 없는데……."

　"그래? 그거 다행이야. 머리를 다쳤을지도 모르니, 나중에 정밀 검사를 해 보자. 네 머리가 더 나빠졌다간, 나도 곤란하거든."

　죽다 살아난 인간한테 여전히 신랄한 소리를 하는 앨리스에게…….

"질문이 좀 있는데, 물어봐도 돼?"

"오냐. 뭐든 물어봐라."

앨리스가 그렇게 말하자, 나는 첫 질문을 던졌다.

"네가 조종하는 디스트로이어가 그 녀석한테 달려드는 것까지는 기억하는데, 그 후로 대체 어떻게 됐어?"

"그야 물론 승리했다. 스펙은 상대방이 뛰어났지만, 조종사의 실력에서 차이 났거든. 내 쪽도 다소 대미지를 입긴 했지만, 그 로봇은 고철덩이로 만들어 줬다."

앨리스가 즐거운 투로 말해서, 나는 일단 안심했다.

믿기는 했지만, 역시 내 파트너다.

평소에는 입이 험한 밥통이지만, 역시 할 때는 하는 녀석이다.

"대미지를 입은 건 괜찮은 거야?"

"물론이지. 네 포인트를 마이너스로 만들면서까지 손에 넣은, 소중한 디스트로이어니까 말이다. 수리하는 데 시간이 필요하지만, 써먹을 수 있게 수리해 두겠다."

내가 걱정한 건 조종한 앨리스의 무사 여부지만, 보아하니 괜찮아 보였다.

"네가 정신을 잃은 사이, 거대 병기를 부수고 그 안에 있던 러셀과도 교전했다. 그 꼬맹이는 스노우와 로제가 제압했지."

"어, 그거 잘됐네. 실은 그 꼬맹이를 어떻게 써먹을지 생각해 뒀거든. 그런데, 그 후에는 어떻게 됐어? 마왕군과 토리스 군은?"

"인근에 있던 토리스 군은 디스트로이어에 탄 채로 겁을 좀 줬더니 그대로 달아났다. 마왕군 쪽은 타이거맨과 전투원이 게릴라전을 펼쳐서 쫓아냈지. 그 와중에 마왕군과 토리스의 토지를 일부 접수했다. 이걸로 아스타로트 님이 내려주신 임무도 완수했다고 봐도 될 거다."

나는 앨리스의 이야기를 다 듣고 겨우 안도의 한숨을 내쉬었다.

"공주님의 말에 따르면 토리스와는 가능한 한 평화적으로 해결하고 싶은 것 같지만, 상대방이 세게 나오는 것 같다. 수정석 수출이라는 외교 카드 탓인지, 화해안 때문에 줄다리기를 하나 보군."

"그래."

그렇다면 이제 물 문제만 어떻게 하면 해결이 되는 건가.

"뭐, 지금은 이런 상황이다. 물어볼 게 더 있냐?"

앨리스가 그렇게 말하자, 나는 가장 궁금했던 것을 물어보기로 했다.

"그럼 물어보겠는데……. 넌 왜 내 팬티를 벗기고 있는 거야?"

그렇다. 눈을 떠보니, 이 녀석이 내 팬티를 벗기고 있었다.

"벗기는 게 아니라, 입히고 있는 거다."

"어느 쪽이든 상관없어! 왜 잠들어 있는 나한테 팬티를 입히고 있는 거야?! 그거냐? 뭐든 흥미를 보이던 네가, 결국 나의 대검에 관심을 가진 거냐?"

나는 반쯤 벗겨진 상태인 팬티를 똑바로 입었다.

"네 츈츈마루에는 관심 없어. 네 대소변을 받아줬을 뿐이야."

"츈츈마루라고 부르지 마! 하다못해 좀 더 공격력이 강한……. 어, 대소변? 너, 내 대소변을 받아준 거야?"

나는 앨리스의 말을 듣고 눈치챘다.

"나, 며칠이나 잠들어 있었던 거야?"

"사흘 정도. 뭐, 그만큼 뻗어 있으면 대소변을 지릴 만도 하지."

맙소사…….

"나, 이제 장가는 다 갔어……."

내가 얼굴을 손으로 가린 채 훌쩍거리자.

"네가 혼자 늙어서 꼼짝도 못 하는 영감이 된다면, 골로 갈 때까지 내가 돌봐주마, 파트너. 그러니까 그만 질질 짜라, 똥싸개."

앨리스는 격려인지 조롱인지 분간이 안 되는 소리를 했다.

"그래. 아스타로트 님은 넘어올 기색이 전혀 없고, 그림은 폭탄인 데다, 로제는 무서워. 스노우는 아예 거론할 가치도 없으니, 그냥 너로 타협할래……."

"타협하다니. 아주 건방진 소리를 하는구나, 이 망할 자식."

앨리스는 입으로는 신랄한 소리를 하면서도, 평소 변화가 없던 표정이 왠지 약간 즐거워 보였다.

"그나저나 너는 쭉쭉빵빵 보디로 개조할 수는 없어? 겸사겸사 TENGA도 내장하고 말이야."

"내가 안드로이드라 다행인걸. 평범한 여자한테 그랬다간 죽어도 변명할 수 없을 발언이다."

앨리스가 어이없다는 듯 말하자, 나는 번쩍 떠올렸다.

"안드로이드……. 그래! 왜 몰랐지?! 일전에 그림이 악마를 불러냈잖아! 그 녀석한테 부탁해 보는 거야! 입이 험한 안드로이드에서 인간 미소녀로 버전 업을 시켜달라고……."

"정신 차리고 아직 멀쩡하게 움직이지도 못하는 주제에, 네 귀처리를 한 내게 참 좋은 소리만 하는군. 정 시비를 걸겠다면 얼마든지 싸워 주겠다!"

나는 앨리스가 던진 바지를 맞으며 문득 떠올렸다.

"기다려 봐, 앨리스. 그러고 보니 아직 뒤처리가 끝나지 않은 일이 있어. 나와 잠시 어디 좀 같이 가자."

앨리스가 미심쩍은 표정을 짓자, 나는 히죽 웃었다.

──나는 앨리스에게 안내를 받으면서, 어둑어둑한 계단을 내려갔다.

우리 뒤로는 협상이 뜻대로 되지 않았을 때를 대비한 스페셜 게스트를 모셨다.

계단 아래에는 지독한 냄새가 풍기는 감옥이 있었다.

그리고…….

"안녕, 기운이 넘쳐 보이는걸."

감옥 안에는 긴 사슬에 양손을 묶인 소년, 마왕군 간부 물의 러셀이 있었다.

내 목소리를 들은 러셀이 지긋지긋하다는 듯이 코웃음을 쳤다.

"내가 그렇게 패 줬는데도 아직 살아 있어? 되게 끈질기네."

"이 6호 님의 장점은 끈질긴 생명력이거든. 그리고 상사한테 비슷한 말 들어서 꽤 신경 쓰고 있으니까, 그런 소리 하지 말라고."

그 말을 들은 러셀은 나를 보고 조롱하듯이 말했다.

"역시 너처럼 천박한 녀석한테 진 게 납득이 안 돼……. 아니지,

나는 저기 있는 조그마한 애한테 졌어. 내가 조종하는 병기에 제대로 맞서지도 못했던 너는 그런 의기양양한 표정을 지을 자격이 없거든? 나 같은 꼬맹이한테 진 게 부끄럽지도 않은 거야?"

일전에 자기를 도발한 나를 화나게 만드는 것이 목적이리라.

러셀은 도발적인 말을 하며, 입가를 일그러뜨렸다.

"그래. 나는 조무래기 말단 전투원이야."

"갑자기 무슨 소리를 하는 거야? 재미없네. 자기 입으로 인정해 버리는 거야? 하아, 가다르칸드는 대체 왜 이딴 녀석한테 진 거야? 이해가 안 돼."

내가 순순히 인정하자, 러셀은 깍지 낀 손을 뒤통수에 대면서 재미없다는 투로 그렇게 말했다.

나는 그런 러셀을 손으로 가리키며 말했다.

"하지만 너는 그런 조무래기 말단 전투원한테 진 허접쓰레기 조무래기지. 그렇게 기고만장하게 굴어놓고, 지금은 이렇게 잡혀 있잖아? 어이, 자기가 조무래기 취급한 녀석한테 무시당하는 기분은 어때? 무슨 말 좀 해 보라고, 이 패배자, 바보 멍청이야~!!"

"으, 그그그그극……!"

"어이, 6호. 꼬맹이 상대로 뭐 하는 거야? 이 녀석한테 볼일이 있다면서?"

이때다 싶어 러셀을 도발하던 나는 앨리스의 말을 듣고 정신을 차렸다.

"맞아. 이러려고 여기에 온 게 아니지. 너한테 물어볼 것과 부탁할 게———."

"싫어."

정신을 차린 내가 그렇게 말하자, 러셀은 단칼에 거절했다.

"야, 망할 꼬맹이야. 이 온화한 6호 님이 상냥하게 부탁하고 있을 때, 순순히 시키는 대로 하는 편이 좋을걸? 안 그러면——."

"좋아. 뭘 하려는 건지 몰라도, 어디 해 봐. 나는 이래 봬도 고문에는 강하거든. 키메라의 특성을 아나 모르겠는데, 더위와 추위 및 고통 같은 것에 둔하다고."

러셀은 되레 역정을 내고, 계속해서 나를 도발했다.

그러고 보니 로제는 사막의 더위와 추위에도 강했다.

그렇다면 이 녀석의 말도 사실이리라.

"미리 말하마. 너 때문에 죽을 뻔하기는 했지만 그건 적대관계, 즉 전쟁 중이라서야. 그래서 그걸 가지고 너를 원망하지는 않아. 하지만 너는 현재 포로거든. 순종적인 태도를 보이지 않는다면, 그에 걸맞은 대우를 받게 될 거라고."

"그러니까, 어디 한번 해 보지 그래? 나는 키메라야. 옛날에 실험을 받으면서 별짓을 다 당했으니까, 이제 와서 어떤 짓을 당해도 끄떡없어."

곤란하네…….

그 키메라 운운의 이야기를 좀 세세하게 듣고 싶은데…….

"어이, 툴툴거리지 말고 내 말 좀 들어. 이 나라가 물 부족 문제에 직면했다는 건 알지? 그래서 너한테 부탁할…….

"아, 되게 시끄럽네! 너희 부탁을 들어줄 생각은 없다고 말했잖아! 해 볼 테면 해 봐! 혹시 입만 살았어? 나 같은 어린애를 고문하는 걸 머뭇거리는 거야? 그런 게 아니면, 어디 해 보란 말이야!"

············.

"좋아. 나한테는 무리야. 포기할래."

"진심으로 하는 소리야? 아, 그래. 그 정도로 이 나라는 물 부족 문제가 심각한 거구나. 그래서 고개를 숙이며 부탁하는 거지? 물의 러셀이라 불리는 나라면, 한 나라의 물 부족 문제 정도는 해결할 수 있어. 하지만 안됐네. 너희가 아무리 부탁해도⋯⋯."

나는 러셀의 말을 깔끔하게 무시하며, 깊이 고개를 숙였다.

러셀이 아니라, 내 뒤편에 있는 스페셜 게스트에게 말이다.

"타이거맨 씨, 죄송합다. 나는 못해요. 포기했습다."

"그래. 그렇다면 이제부턴 나한테 맡겨라. 오히려 지금부터가 내가 즐길 시간이다냐옹."

내가 포기 선언을 하자마자, 우리 뒤에서 스페셜 게스트 타이거맨이 모습을 나타냈다.

이제까지 아무 말 없이 이야기를 듣고 있던 앨리스가 흥미롭다는 듯이 물었다.

"타이거맨이 고문에 일가견이 있다는 이야기는 처음 들었다. 이렇게 고집불통인 녀석을 순종적으로 만들 수 있는 거냐?"

지극히 타당한 질문을 하는 앨리스. 하지만 타이거맨은 대답하지 않고 이제부터 직접 보여주겠다는 듯 쇠창살에 다가갔다.

"이건 뭐야? 너희는 인간이면서, 수인 동료도 있는 거야? 어이, 수인. 내 말을 알아듣냐? 하하, 무슨 말이든 해 봐!"

러셀은 타이거맨을 보자마자 숨을 삼켰지만, 곧 허세를 부렸다.

하지만 타이거맨은 그 말에도 대꾸하지 않았다.

러셀의 얼굴을 가만히 보더니…….

"잘했다, 6호. 다음에 맛있는 술을 대접하지냐옹."

"진짜요? 역시 타이거맨. 징그럽기만 한 게 아니라 배포도 크네요. 정말 멋져요."

"징그럽다는 말은 너무한걸냐옹. 러셀냐옹한테 미움 받을 테니까, 그런 소리를 하지 마라냐옹."

나와 타이거맨이 그런 대화를 나누자, 러셀은 미심쩍은 표정을 지었다.

그런 러셀을 보다 뭔가를 눈치챈 앨리스가 말했다.

"어이, 너. 바보 같은 짓을 했군. 6호의 제안을 받아들였으면 매일같이 물만 만들면 됐는데 말이야. 뭐, 타이거맨과 잘 지내라."

"뭐……?"

무슨 소리인지 모르겠다는 얼굴로, 러셀은 고개를 갸웃거렸다.

한편, 기분이 매우 좋아 보이는 타이거맨이 중저음의 허스키한 목소리로 러셀에게 자기소개를 했다.

"내 이름은 타이거맨. 조그마한 애를 사랑하는, 은퇴한 후에는 개조 수술로 미소녀가 될 예정인 괴인이다냐옹."

그 말을 듣고, 러셀은 또 무슨 소리인지 모르겠다는 얼굴로…….

"…………뭐?"

"뭘 그러냐옹. 오늘부터 나와 러셀냐옹은 친구냐옹. 나는 상냥하니까 안심해라냐옹."

타이거맨은 감옥 쇠창살을 양손으로 쥐고 거친 숨을 토했다.

"아, 아니……. 무슨 말을 하는 건지 모르겠거든? 찬물 끼얹어서 미안한데, 나는 남자야. 하핫, 참 안됐네. 보고도 모르겠어? 저기, 이 짐승은 눈이 나빠?"

러셀은 아직 상황을 이해하지 못한 것 같았다.

타이거맨은 빙긋 웃고.

중저음 나이스 보이스로.

"남자라는 건 알고 있다냐옹. 낭자애라면 완전 환영이지냐옹."

——시간이 멈췄다.

"저기, 어이, 무슨 소리를 하는 거야?! 야, 이 자식이 무슨 소리를 하는 건데?! 방금 똥딴지같은 소리를 했다고!"

러셀이 갑자기 허둥대기 시작하자, 타이거맨은 기쁨에 찬 숨결을 토하며 말했다.

"러셀냐옹은 귀엽게 생겼으니까, 치마도 잘 어울릴 거다냐옹."

"무슨 소리를 하는지 모르겠다고!"

나도 무슨 소리인지 모르겠다.

하지만 이것만은 말하자.

"역시 타이거맨 씨는 대단해. 괴인은 장난이 아니라니깐."

"뭐가 대단하다는 건지 모르겠거든?! 저기, 장난치는 거지?! 나는 남자야! 아, 이건 협박이지?! 말도 안 된다고!"

위험을 느낀 건지, 러셀이 필사적으로 떠들었다.

"나는 마음이 넓거든. 남자애든 여자애든, 그런 사소한 건 신경 안 써. 어느 쪽이든 평등하게 사랑해 줄 뿐이지냐옹."

"대단해요, 타이거맨 씨! 진짜로 무슨 소리를 하는 건지 모르겠지만 징그럽게 멋져요."

"좋아, 내 패배를 인정하겠어! 분하지만 항복할게! 물이든 뭐든 다 만들겠어!"

패배를 인정한 러셀이 협력을 자청하고 나섰지만…….

"대단해요, 타이거맨 씨. 이 꼬맹이가 협력하겠다네요."

"멍청한 소리 하긴. 여기까지 와서 도중에 그만두는 일은 내가 용서할 수 없다냐옹."

"기다려! 항복! 항복할게! 어, 자, 잠깐만……?!"

쇠창살을 움켜쥔 타이거맨이 그것을 힘으로 잡아 뜯었다.

내팽개쳐진 쇠창살 잔해가, 뎅그렁 하는 소리를 내며 러셀의 발치를 굴러다녔다.

얼굴이 완전히 굳은 러셀이 다급한 목소리로 호소했다.

"알았어! 나는 오늘부터 너희 편에 붙겠어! 전투 키메라를 거느리고 있으면 써먹을 때가 분명 있을 거야!"

"우리는 이미 키메라를 데리고 있거든. 러셀, 미안하지만 타이거맨 씨와 잘 지내."

내가 그렇게 말한 순간, 러셀은 눈물과 콧물을 질질 흘리며 고개를 저었다.

"싫어, 싫다고오오오오! 이건 말도 안 돼! 이상하다고! 제발 부탁할게요! 물을 만드는 일을 저한테 시켜 주세요! 매일, 죽을힘을 다해서 할게요!"

러셀이 필사적으로 그렇게 호소하자, 앨리스는 가볍게 코웃음을 쳤다.

"물을 만드는 건 당연한 거지. 네놈은 6호의 제안을 거절했어. 너도 조직은 다르지만 악의 조직 구성원이라면……"

"그래. 반항할 거면 끝까지. 배신할 거면 신속하게."

앨리스와 내가 말하고, 타이거맨이 얼굴을 쑥 들이대더니……!

"어쩔 수 없지냐옹. 일을 잘하면, 여장을 시키는 정도로 봐 주마. 열심히 물을 만들어라. 하지만……. 개인적으로는, 네가 농땡이를 부려도 전혀 상관없지냐옹."

험상궂은 미소를 지으며, 그렇게 말했다——.

COMBATANTS WILL BE
DISPATCHED!

전투원,

아카츠키 나츠메
NATSUME AKATSUKI

ILLUSTRATION
카카오 란탄
KAKAO LANTHANUM

파

견

합니다!

에필로그 1

비밀결사 키사라기의 회의실.

"릴리스, 6호의 보고서를 해독해 줘."

아스타로트는 그렇게 말하고, 릴리스에게 보고서를 건넸다.

"악필이기는 해도 못 알아볼 정도는 아니라고 생각하는데. 어디, 좀 줘 봐……. 미안해. 나도 무슨 소리를 하는지 전혀 모르겠어."

릴리스가 보고 2초 만에 해독을 포기한 것은 6호가 보내온 최종 보고서다.

"타이거맨 씨가 매일 행복해 보여서 좋아요. 그리고 스포풋치는 의외로 맛있어요……. 스포풋치가 뭐야?"

"그건 내가 묻고 싶은 거야. 앨리스를 버전 업시켜달라고도 적혀 있는데, 그것도 이해가 안 돼……."

두 사람이 보고서를 보며 당혹스러워하고 있을 때, 옆에서는 벨리알의 고함이 들려왔다.

"F 18호, F 19호! 오늘의 그 어처구니없는 모의 훈련은 뭐야?! 너희의 실력은 그 정도가 아니잖아!"

"죄송합니다, 벨리알 님……. 19호와 옛날이야기를 하다 보니, 고향 생각이 나서……. 아버님과 여동생, 백성들이 제가 사라진 탓에 고생하고 있을 거라고 생각하니……."

"지금쯤이면 하이네와 러셀이 이 몸을 걱정하고 있겠지……. 그 둘은 동료를 아끼니 말이다……."

그리움에 젖은 목소리로 그렇게 말을 하며 눈을 감은 건, 전투복 차림의 두 남자다.

하지만 벨리알은 그런 두 신입에게…….

"그래? 너희가 고향에서 얼마나 유명했는지 모르겠지만, 사라지고 일주일쯤 지나면 그냥 잊히는 법이야."

"벨리알 님, 그럴 리가 없어요! 저는 왕자이자 용사입니다! 그런 제가 갑자기 사라졌으니, 조국은 엄청난 혼란에……!"

"그렇습니다! 사천왕 중 한 명인 이 몸을 따르는 부하들, 분명 지금도 수색을……!"

두 사람이 침을 튀기며 반박했지만, 벨리알에게 쥐어박히고 그대로 몸을 웅크렸다.

"용사니 뭐니 같은 소리를 하면, 6호에 버금갈 정도로 머리가 나빠 보이니 관둬! 그리고 사천왕을 멋대로 자처하지 마!"

아스타로트는 시끌벅적한 세 사람을 힐끔 쳐다보았다.

"저 신입들도 꽤 버티네. 벨리알이 직접 훈련을 시키겠다고 했을 때는 금방 나가떨어질 줄 알았는데……."

"그래. 나도 그건 예상외야. 하지만 벨리알은 부하들을 잘 챙기잖아. 게다가, 저 신입들은 나름 죽을 고비를 겪어 본 것 같아."

벨리알의 집 마당에 나타났다는 두 명의 신입.

매일같이 히어로들과의 격전이 이어지고 있지만, 이 두 사람은 나름 성과를 내고 있었다.

"6호의 지원 병력으로 파견할까도 했지만, 저 신입들은 한동안 이곳에서 더 활동하게 하자."

"입사 몇 달 만에 그 행성으로 파견하는 것도 불쌍하잖아. 6호한 테는 미안하지만, 그쪽은 현존 병력으로 운용하게 해. 히어로들의 이번 반공 작전은 어찌어찌 막아냈지만, 아직 방심할 수는 없는 상황이거든."

두 사람은 그렇게 말한 후, 다시 보고서를 쳐다보았다.

"저기…… 이 모케모케라는 건……."

"나한테 묻지 마. 앨리스한테도 최종 보고서를 제출하라고 할 테니까, 그것과 비교 분석해 보자. 내용을 정리해 보자면, 침략지가 늘어난 것 같긴 한데……."

보고서 곳곳에는 영문 모를 내용이 담겨 있었다.

그중에서도 특히 이해가 안 되는 것은…….

"마지막에 그림에게 양말을 신겼다가 대참사가 벌어질 뻔했다, 라는 건……."

"그림이라면 6호의 부하지? 양말 때문에 대참사라니, 무슨 소리인지 모르겠어……."

두 간부는 그렇게 말하더니, 서로를 보고 고개를 갸웃거렸다.

에필로그 2 : 언데드 축제

러셀을 이용해 물 부족을 해결하고 어느 정도 시간이 흘렀다.

불행한 오해로 금이 간 토리스 왕국과의 관계도 서서히 수복되려는 기미가 보이니, 곧 교류도 재개될 것이다.

그건 다행이지만…….

"대장 얼굴도 보기 싫어! 이 소대에 들어온 후로 진짜 지독한 꼴만 겪고 있다니깐! 토리스에 갔다가 차이지를 않나, 사막에서는 말라비틀어지지 않나, 나한테 양말을 신기지 않나, 마을 남녀 모임에서 차이지를 않나!!"

"나와 관계가 있는 건 딱 하나잖아! 애초에, 양말을 신긴다고 그런 일이 벌어질 줄은 꿈에도 몰랐다고! 불평하고 싶은 건 바로 나야~!"

그레이스 왕국의 훈련장에서, 삐친 그림과 시비가 붙었다.

"하아, 정 그렇다면 어쩔 수 없지. 다른 소대로 너를 이동시켜달라고 상부에 요청할 테니까……."

내가 그렇게 말하자, 그림은 눈을 치켜뜨더니…….

"싫어어어어어어! 부탁이야, 대장! 나를 버리지 마! 우리는 생

사고락을 함께한 동료잖아! 그렇게 상냥하게 대해 줬으면서, 질리면 버리는 건 너무하지 않아?!"

"네가 불평만 늘어놓으니까 이러는 거잖아! 나보고 어쩌라는 거야?! 그리고 너는 전투가 시작되기 직전에 높은 확률로 전투 불능 상태가 되잖아! 이번에는 눈곱만큼도 도움이 안 됐다고! 너는 우리 부대에서 모가지야, 모가지! 더 쓸모 있는 녀석을 입대시키겠어! 그래, 일전에 명부에 있던 덜렁이 마법사나 영감님을……."

검토를 시작한 내 팔에 그림이 울고불고 매달렸다.

"대장, 우리는 데이트도 한 사이잖아! 팬티까지 본 사이잖아! 그런데 나를 버리려는 거야?! 그런 짓을 하면 확 저주해버릴 거야아아아아아아아아!"

"거 되게 성가신 여자네! 그럼 나보고 어쩌라는 거냐고!"

울며불며 큰 목소리로 응석을 부리던 그림은…….

"앨리스한테는 사기꾼 취급을 당하는 데다, 낮에는 제대로 활동을 못 하기 때문에 스노우나 로제처럼 활약할 수 없어! 아, 맞다! 내가 활약할 수 있는 기회를 마련해 줘!"

그림은 그런 성가신 소리를 늘어놓으면서, 내 옷소매를 잡고 한사코 매달렸다.

"활약할 수 있는 기회……? 네가 할 수 있는 거라고는…….."

"결혼식장은 어떨까? 대장은 나쁜 짓을 하면 포인트라는 걸 얻지? 그럼 결혼 서약을 하려는 커플에게, 영원히 결혼하지 못하는 저주를……!"

그리고 그 저주의 반동으로…….

"네가 영원한 노처녀가 되는 미래가 눈앞에 어른거려."

"말하지 마! 나도 그렇게 될 것 같은 느낌이 들지만, 말에는 힘이 있으니까 실제로 입에 담으면 안 돼!"

시끄럽게 떠드는 그림을 내가 놀리고 있을 때였다.

"그림, 여기 있었군! 긴급 사태다! 티리스 님께서 너를 찾으신다!"

훈련장으로 뛰어온 스노우가 그렇게 외쳤다.

나는 그림과 시선을 마주하며…….

"모가지인가……."

"불안하니까 그만해! 이 시기에 티리스 님이 부른다는 건, 어떤 용건인지 예상이 돼. 자아, 대장! 휠체어를 밀어 줘! 티리스 님께서 직접, 내가 얼마나 쓸모 있는 여자인지 설명해 주실 거야!"

그림이 그런 소리를 늘어놓으면서 서두르라는 듯이 손짓했다.

"너희, 빨리 따라와라! 이 성에 있는 점성술사의 예상에 따르면, 올해 사태는 과거 최대급일 거라고 한다!"

스노우는 평소와 다르게 초조해 보였지만…….

"올해 사태? 과거 최대급? 어이, 그림. 대체 무슨 일이야?"

"그건 나중에 알려줄게. 멋진 여자는 비밀이 많은 법이거든."

그림은 웃음을 흘리며 그렇게 말하더니, 내 코를 손가락으로 톡톡 두드렸다.

…………..

"나는 사람 속을 태우는 여자를 보면 홀랑 벗겨 주고 싶어지는데……."

"잘못했어! 귀여운 부하의 애교로 넘어가 줘!"

그림은 허둥지둥 거리를 벌리더니, 서서히 어두워지고 있는 하늘을 손가락으로 가리키며…….

　"축제야, 축제! 언데드 축제가 시작되는 거야!"

　그런, 불온한 말을 입에 담았다──.

【최종 보고】

전투원 6호의 공작으로, 그레이스 왕국과 이웃 나라 사이의 우호 관계에 금이 가게 하는 데 성공했습니다.

그 이웃 나라와는 전쟁으로 발전했으며, 또한 키사라기의 지배지 확대라는 목표를 달성했습니다.

그 과정에서 경쟁자의 괴인을 한 명 포박했고, 현재 타이거맨의 지배하에 있습니다.

괴인에게서 캐낸 정보에 따르면, 이 행성에는 과거에 뛰어난 기술을 지닌 초문명이 번영했다는 사실이 판명됐습니다.

이번 작전에서 전투 키메라 제조 기술을 비롯한 유용한 정보를 얻어내지는 못했지만, 거대 마수의 존재 등을 비롯해 생태계의 모순에도 그 초문명이 관여하고 있는 듯합니다.

초문명 관련 잔존 시설의 접수 및 조사를 속행하겠습니다.

또한 이 행성에서는 이 시기에 언데드 축제라는 것이 개최된다고 합니다.

과학 기술의 결정체인 저는 이 불쾌한 오컬트 축제를 전력으로 방해할까 합니다. 그 결과는 나중에 보고드리겠습니다.

최종 보고자 : 오컬트 버스터, 키사라기 앨리스

전투원,

파

견

합니다!

아카츠키 나츠메
NATSUME AKATSUKI

ILLUSTRATION
카카오 란탄
KAKAO LANTHANUM

스페셜 단편
『이 멋진 별에 축복을!』

"10월 3일, 오전 두 시. 해당 행성 강하를 무사히 완료. 강하 중에 불빛을 확인했으며, 이제부터 탐색을 개시하겠음."

무사히 행성에 도착한 나는 단말로 녹음을 하면서 주위를 확인했다.

주위의 평원은 인류가 살기에 적합해 보였다.

이번 임무는 식은 죽 먹기겠는걸, 하고 생각하며 긴장을 푼 바로 그때였다.

"이 행성은 물과 녹음이 풍부해서, 인간이 살기 적합할 듯……으헉?!"

느닷없이 지면이 부풀어 오르더니, 거대한 개구리가 모습을 드러냈다.

이 녀석을 제거하는 건 불가능하지 않지만, 사체를 내버려 뒀다간 이런 거대 생물을 해치울 수 있는 존재가 있다는 사실을 안 인근 주민들이 경계할지도 모른다.

"빌어먹을! 엘리트인 내가 저깟 개구리 때문에 후퇴해야 하다니……!"

행성 강하 후 몇 분도 안 되어서 뜀박질이나 하다니, 이 별을 얕보면 안 될 것 같았다.

아까 실수는 잊자. 쿨한 걸로 유명한 평소의 자신을 떠올리자.

이 별에서 무슨 일이 일어나더라도, 결코 동요하거나 방심하지 않겠다.

"강하 직후에 호전적인 거대 개구리와 조우! 조사 임무라는 점을 고려해, 전략적 후퇴를 하겠다! 리코더 기록자, 전투원 22호!"

이리하여, 나의, 변변찮은 세계에서의 생활이 시작됐다——.

"——10월 17일, 오전 여섯 시. 이제부터 토목 공사 아르바이트를 하러 가겠다."

마구간에서 깨어난 나는 단말을 향해 그렇게 말하면서 오늘의 녹음을 시작했다.

이 별에 도착하고 2주가 흘렀다.

언어 습득에 조금 난항을 겪었지만, 엘리트인 나에게는 그렇게 어려운 일이 아니었다.

이곳에서의 생활은 순조롭다.

오히려 별다른 오락거리도 없이 일찍 자고 일찍 일어나 건강한 육체 노동에 매진하는 나날은 지구에서의 생활을 의문으로 떠올리게끔 했다.

애초에, 키사라기의 급료가 아르바이트 수당과 별반 차이가 없는 점이 문제다.

지구에서는 주민들이 나를 보기만 하면 헐레벌떡 도망쳤지만,

이 마을에서는 아무도 신경 쓰지 않는다.

　같이 일하는 동료의 말에 따르면, 이 마을에서는 괴상한 이름과 복장을 한 검은 머리 검은 눈의 인간들이 불쑥불쑥 나타난다고 한다.

　──오늘도 외벽 보수에 힘쓰고 있을 때, 낯선 소녀가 나에게 말을 걸었다.

　"거기, 너. 내가 시범을 보여줄게!"

　갑자기 나타난 그 파랑 머리 소녀는 그렇게 말하더니, 멋진 솜씨로 페인트칠을 했다.

　"선배, 저 파랑 머리 소녀는 직공인가요?"

　"아니. 보수 대장은 알바야. 용돈이 떨어지면 여기 일하러 와."

　그 소녀는 주위의 작업원들에게 대장이라 불리고 있었다. 왜 아르바이트가 대장 소리를 듣는 거지…….

　하지만 이 별에서는 일개 아르바이트 소녀도 이 정도 기술을 지닌 건가.

　이제까지의 조사를 통해 이곳의 문명 레벨이 떨어진다고 여겼지만, 생각을 바꿔야 할 것 같았다.

　──바로 그때였다.

　"대장, 벽이 무너져서 사람이 다쳤어! 치료 좀 해 줘!"

　아무래도 사고가 발생한 건지, 공사 감독이 고함을 질렀다.

　"『세이크리드 하이니스 힐』!!"

　그쪽을 쳐다보니, 대장이 뭐라고 읊조리는 것과 동시에 부상자가 순식간에 치유됐다.

그 말도 안 되는 현상을 본 내가 딱딱하게 굳어버리자…….

"정말! 안전 확인을 꼭 하라고 내가 말했지?! 큰일날 뻔했잖아!"

"미안해, 보수 대장! 고마워! 나중에 크림슨 비어를 쏠게!"

치료를 받은 작업원이 그런 말을 하는데…….

아니, 이런 엄청난 기적의 대가가 겨우 술 한잔인 건가?!

하지만 대장이 기뻐하는 것을 보면, 충분한 대가가 맞으리라.

보수 대장은 싸구려 술 한 잔에, 사람마저 보수하는 것 같았다.

이 별의 의료는 대체 어떻게 되어 먹은 걸까——.

"——10월 24일, 오후 열 시. 이제부터 악행 포인트를 보충하겠다."

현지 생활 3주째.

일전의 순간 치료가 마법이라는 사실이 판명됐다.

판타지스러운 이야기지만, 직접 목격했으니 부정할 수 없다.

오늘은 마법을 일단 잊고, 부족한 악행 포인트를 벌기로 했다.

우선 소소한 악행을 저지르며 상황을 살핀 후, 소동이 일어나려 한다면 힘으로 해결하자.

그렇게 판단한 나는 마을의 쓰레기통을 엎어서 포인트를 벌려고——.

"어이, 뭐 하는 것이냐! 쓰레기장을 어지럽히지 마라! 그랬다간 까마귀 슬레이어한테 혼쭐이 날 거다!"

여교사 느낌의 요염한 정장을 입은 금발 벽안의 미녀에게 주의를 받았다.

"까마귀……? 잘 모르겠지만, 혼쭐이 나는 건 바로 너야. 이런 시간에 여자가 혼자 돌아다니는 거야. 크크큭…… 자신의 부족한 경계심을 원망해라……!"

"뭐뭐, 뭐라고?!"

가볍게 협박해 줄 생각이었는데, 이 미녀는 놀라기만 할 뿐 전혀 두려워하지 않았다.

악행 포인트가 가산되지 않는 것만 봐도, 공포를 느끼지 않은 게 틀림없다.

"이 마을에 아직도 이렇게 패기 넘치는 남자가 있을 줄이야! 나에게 무슨 짓을 하려는 건지 모르겠지만, 나한테 그렇고 그런 짓을 해도 되는 건 그 자식뿐이다!"

"크크크큭……. 그 자식이라는 녀석이 보는 데서 너를 홀랑 벗겨버린다면, 과연 어떤 표정을 지으려나……. 어이, 얼굴 붉히지 마! 얘는 대체 어떻게 되어 먹은 거야?!"

정체불명의 여자는 얼굴을 새빨갛게 붉히며 몸을 배배 꼬았다.

"네네, 네가 그런 고도의 NTR 플레이를 제안해서 이러는 것 아니냐! 예전의 나라면 흔들렸겠지만, 지금의 나는 그런 감언이설에 굴하지 않는다!"

"너는 진짜로 뭐 하는 녀석이야?! 이게 문화 차이라는 거냐?!"

나라가 다르면 생각도 다르다고 하지만, 이 별에서는 이런 게 정상인 걸까…….

"네놈 같은 고도의 변태를 내버려 둘 수는 없다! 자아, 제압해 줄 테니 어디 덤벼봐라! 나를 잡은 후, 그 녀석 앞으로 끌고 갈 생각은 절대 하지 말란 말이다!"

"잘 모르겠지만, 너한테 고도의 변태라 불리니 억울하다는 감정이 끓어올라! 일반인 상대로 어른스럽지 못한 짓이지만, 키사라기가 얕보이면 안 되거든. 한동안 잠들어 줘야겠어!"

시끄럽게 떠들면 곤란하기에 정신을 잃도록 복부를 때렸지만, 미녀는 묵묵히 서 있었다.

"이, 이게……!!"

"………………"

너무 봐줬나 싶어 전력을 다해 복부를 때렸지만, 정체불명의 미녀는 여전히 멀쩡했다.

그뿐만 아니라, 겨우 이것밖에 안 되는 거냐는 듯한 표정으로 나를 응시하더니…….

"돌아가겠다……."

공격한 내가 주먹이 아파서 인상을 쓰자, 작은 목소리로 그렇게 중얼거리며 돌아갔다.

포인트가 늘어나지 않은 것을 보면, 저 미녀는 내 공격을 악행이라고 여기지 않는 것이리라.

이 별에 총 같은 무기가 없는 건, 문명 레벨이 낮기 때문이 아닐지도 모른다.

인식을 뜯어고칠 필요가 있을 것 같았다——.

"——10월 31일, 오전 열 시. 오늘은 마법에 대해 조사하겠다."

단말을 향해 그렇게 말한 후, 나는 즉시 행동을 개시했다.

정문에서 공사 아르바이트를 하면서 눈치챈 것인데, 이 마을에서는 모험가라 불리는 녀석들이 사냥을 했다.

사냥 상대는 내가 이 별에 처음 왔을 때 만났던 개구리다.

무시무시하게도, 그 거대한 포식자가 이 세상에서는 조무래기에 지나지 않는다고 한다.

그리고 현재——.

"여러분, 개구리가 대량 번식했어요! 한몫 잡을 보너스 타임이에요~!"

마을 밖에 대량으로 출몰한 개구리들이 내 눈앞에서 차례차례 사냥당하고 있었다.

그 사실에 머리가 지끈거렸지만, 지금 중요한 것은 마법이다.

조사 대상을 찾던 나는 전형적인 마법사 복장을 한 소녀를 발견했다.

"어이, 메구밍. 사탕을 줄 테니까 저쪽에서 사냥해."

"그래. 가능하면 멀찍이 떨어져 있는 녀석들을 노려."

메구밍이라 불린 그 조사 대상은 다른 모험가들에 의해 구석으로 쫓겨났다.

별명 같은 호칭으로 불리는 것을 보면, 미움을 받는 것 같지는 않았다.

그렇다면 나이와 저 취급으로 볼 때, 그녀는 아직 미숙한 마법사 같았다.

"저를 훼방꾼 취급하면, 나중에 따끔한 맛을 보여줄 거예요!"

"하아, 알았으니까 빨리 쏘기나 해. 보호자인 카즈마는 어디서 뭘 하는 거야……."

보호자라는 말이 들린 것을 보면, 역시 미숙한 마법사 같다.

나는 어딘가 훈훈해 보이는 그 모습을 보고 쓴웃음을 짓다가.

"『익스플로전』~!!"

소녀가 펼친 마법을 목격하고 그대로 얼어붙어 버렸다.

느닷없이 발생한 대규모 폭발로 개구리들이 소멸했다.

"수고했어. 그럼 집까지 데려다줄게. 진짜로 카즈마는 뭐 하고 있는 거야……."

"어이. 너무 심하게 다루잖아!"

대마법을 펼친 소녀는 어느 모험가에 의해 짐짝처럼 옮겨졌다.

아니지. 주위에 있는 사람들의 반응을 보면, 대마법이 아닌 게 아닐까?

게다가 마치 이게 일상적인 일이라는 듯이, 다들 태연하게 개구리 사냥에 힘썼다.

역시 저 소녀는 미숙한 마법사이며, 아까 마법도 하급 마법인 것이다.

조사를 중지한 나는 아까 본 마법을 떠올리며 온몸을 부르르 떨었다.

"——11월 7일, 오후 여덟 시. 이제부터……."

"그 먼 곳에서 일부러 찾아와서 스파이 임무를 수행하느라 수고가 많군."

등골이 오싹했다.

단말을 향해 말을 하던 나는 말을 걸어온 배후의 남자를 돌아보았다.

이제까지의 행동을 목격했더라도, 스파이라는 게 들통날 짓은 하지 않았다.

"어이쿠, 초조와 당혹의 악감정인가. 유감이지만 이 몸의 취향이 아닌걸."

그것보다 가면을 쓴 이 장신의 남자는 이런 꼬락서니를 하고 있는데 왜 아무도 뭐라 지적하지 않는 걸까.

어떻게 눈치챈 건지는 모르겠지만, 내가 스파이라는 걸 안 자를 살려둘 수는 없다.

"나쁘게 생각 마라……!"

주위에 사람이 없다는 것을 확인한 내가 남자의 가슴에 총을 겨누며……!

"그딴 장난감으로 이 몸에 상처를 낼 줄 알았나? 유감스럽게도, 생채기 하나 안 났습니다!"

심장에 총알이 명중했지만, 이 가면 쓴 남자는 그렇게 말하며 껄껄 웃었다.

뭐가 어떻게 된 거야……. 일전의 맷집이 끝내주는 미녀도 그렇고, 이 별 녀석들은 하나같이 다 이런 건가?

나는 엘리트 전투원이 아닌 건가?

자기 자신이 강하다는 착각에 빠져 있었을 뿐인가?

자신감을 잃으며 아연실색한 나를 남겨둔 채, 그 가면 쓴 남자는 반격도 하지 않고 사라졌다.

······뭐야. 이 별은 대체 어떻게 되어 먹은 거냐고!

"──11월 29일, 오전 여섯 시······. 이제부터 토목 공사 아르바이트를 하러 갑니다······."

이 별에 오고 약 두 달이 흘렀다.

아르바이트를 늘려서 아지트로 삼을 숙소를 빌린 후, 전송 장치를 조립한다.

이제 전송 장치가 안정되어서 일본으로 돌아갈 날이 오기만 기다리면 된다.

나는 녹초가 된 채, 아르바이트를 하러 갔다──.

"──보수 대장. 나, 어제 채소한테 공격당했어요."

"어머, 큰일 날 뻔했네. 다쳤으면 말해. 이 대장이 고쳐 줄게. 만약 목숨을 잃었을 때는 시간이 너무 지나면 소생할 수 없으니까 조심해."

나는 어제 농장에서 있었던 일을 일전의 그 파랑 머리 소녀에게 털어놨다.

반응을 보니, 어제 일은 내가 미쳐서 헛것을 본 게 아니라 상식적인 일 같았다.

놀랄 일이 연이어 벌어진 탓에 그냥 듣고 흘려넘겼지만, 이 아르바이트 소녀는 죽은 지 얼마 안 된 망자를 다시 살릴 수도 있는 건가······.

"대장, 우연히 들은 건데······. 이곳이 풋내기 모험가의 마을이라는 게 사실이에요?"

"응, 사실이야. 그것보다 기운이 없네. 채소한테 습격당한 게 그렇게 무서웠어? 좋은 걸 알려줄게. 귤을 먹을 때는 말이지? 눈에 즙을 뿜지 못하도록 조심해."

오호라, 귤까지 공격하는 건가. 새로운 걸 알게 됐군.

멍하니 그런 생각을 하며 다 죽어가는 눈으로 일하고 있을 때, 대장이······

"힘든 일이 있으면 지고신인 이 여신, 아쿠아 님에게 의지해. 동료가 곤란에 처했다면 구해줘야 하지 않겠어? 대신, 내가 금전적으로 곤란할 때 도와줘."

"지고신, 여신 아쿠아 님······."

얼이 나간 채로 일을 하던 내 머릿속에 그 단어만이 어찌 된 건지 강하게 각인됐다.

여기는 풋내기 모험가의 마을, 액셀.

마왕군과 교전 중인 이 나라에서는 강한 모험가가 전부 최전선으로 보내진다고 한다.

즉, 내가 이곳에서 본 녀석들은······.

"──12월 29일, 오후 일곱 시. 이제부터 마지막 조사를 마친후, 지구로 귀환한다."

전송 장치가 안정되면서, 언제든 귀환이 가능해졌다.

나는 단말에 그렇게 말한 후, 남은 일을 마무리 짓기 위해 액셀마을로 향했다.

상대는 약한 녀석이라면 누구든 상관없다.

그렇다. 이 별에서 자신감을 잃고 귀환만을 바라던 나지만…….

"나는 키사라기의 엘리트 전투원이야. 이대로 기가 죽어서 돌아갈 수는 없어……!"

내가 마주쳤던 녀석들은 어쩌면 이 세상에서도 손꼽히는 실력자들일 가능성도 있다.

약자를 괴롭히는 걸지라도, 현지인과 진지하게 대결해서 승리한 후에 돌아가고 싶다.

내가 생각해도 너무 충격을 받은 것 같다고 자조하며, 한밤의 마을을 산책했다.

"──거기 너, 모험가지? 잠시 나 좀 보자."

"저요? ……무, 무슨 일이죠? 제 지인 중에는 무지 센 녀석과 귀족이 있다고요."

그리하여 마침내 내가 말을 건 상대는 엄청나게 약해 보이는 소년 모험가다.

내 예감이 적중한 건지, 찌질한 느낌이 물씬 나는 대사를 늘어놓은 이 소년은 나를 보자마자 겁을 집어먹고 뒷걸음질을 쳤다.

그래……. 강화 장갑복을 입은 키사라기 전투원에 대한 첫인상은 이래야 정상이지.

이 마을에 와서 처음으로 정상적인 반응을 접해서 조금 기뻤다.

"겁을 줘서 미안해. 네가 모험가라면, 그……. 카드란 걸 보여줬으면 하는데 말이야."

"모험가 카드요? 그건 괜찮은데, 저는 스테이터스가 엄청 낮거든요? 최약체 직업이거든요."

약간 마음이 진정된 듯한 소년은 그렇게 말하며 내게 카드를 건네줬다.

그러게. 이건 심각한걸.

이 마을에서의 조사를 통해, 모험가의 평균적인 스테이터스는 파악하고 있다.

눈앞의 소년은 최약체 직업이며, 스테이터스 수치 또한 낮았다.

미안하지만, 이 애로 시험해 볼까…….

"미안하지만, 나와…….."

"앗~! 드디어 찾았다! 너희 말이야, 그딴 짓을 하면 어떻게 해?! 나한테 항의가 들어왔다고!"

대결을 신청하려던 순간, 소년이 고함을 지르며 몸을 날렸다.

나는 그 소년을 말리기 위해 손을 뻗었지만…….

"어어어어어어~! 이번에는 내 잘못이 아니야! 말을 꺼낸 사람은 메구밍이거든……?!"

소년이 달려간 방향을 보고 그대로 얼어붙었다.

"저저, 저는 말만 꺼내 봤을 뿐이에요. 설마 다른 사람들이 진짜로 할 줄은……!"

"멈춰라, 카즈마! 진정하는 거다! 여기에는 다 피치 못할 이유가…….."

그곳에는 파랑 머리 아르바이트 동료와 맷집이 엄청난 미녀, 그리고 엄청난 마법을 썼던 소녀가 있었다.

"이제 와서 변명해도 소용없어! 너희 셋 다 혼쭐이 날 줄 알아!"

그 세 사람은 최약체 직업 소년에게서 허겁지겁 도망쳤다.

즉, 저들보다 최약체 직업에 스테이터스도 낮은 이 소년이 더 강한 것이다…….

그 사실에 자신감이 완전히 무너진 나는 단말의 녹음기를 작동시켰다.

"본부에 전달. 이 행성의 침략은 무조건 그만둘 것을 강력하게 제안한다. 그리고……."

무모한 도전을 하지 않도록 행운을 베풀어준 이 별의 신에게, 진심으로 감사했다.

"여신 아쿠아 님께 감사한다. 전투원 22호, 이제부터 지구로 귀환하겠습니다──."

작가 후기

『전투원, 파견합니다!』 2권을 구매해 주셔서 감사합니다.

작가가 되고 벌써 4년이 흘렀습니다.

최근에 호텔 통조림이란 것을 체험하면서 비로소 프로 작가 같은 짓을 했는걸, 하고 감회에 젖었습니다. 마감을 왕창 어긴 주제에 말이죠.

죄송합니다. 많은 분께 진심으로 폐를 끼쳤습니다. 잘못했습니다!

요즘 들어 항상 사과만 하는 듯한 느낌이 듭니다.

자, 히로인들이 전혀 히로인답지 않았던 이번 권입니다만, 권수가 늘어감에 따라 조금씩 히로인 파워를 발휘해 주리라고 생각합니다.

그러니 쓰레기 같거나 미인계를 쓰거나 엽기적인 짓을 하는 이 히로인들을 버리지 말아 주시면 감사하겠습니다.

이번 권은 표지를 보면 알 수 있듯, 앨리스 편입니다.

이 안드로이드는 6호를 보좌하는 것이 만들어진 이유이자 존재 의의이기에, 앞으로도 못난 주인공을 꾸짖으면서도 어리광을 받아줄 겁니다.

이번 권에는 별개의 시리즈인 『이 멋진 세계에 축복을!』의 패러디 요소가 곳곳에 담겨 있습니다.

아직 이멋세를 읽지 않은 분은 그 작품을 읽으면, 이 책 막판에 나오는 단편 소설과 함께 여러 패러디 요소를 즐길 수 있으리라 생각합니다.(다이렉트 마케팅)

이 콜라보 소설은 일전에 전투원 1권과 이멋세의 연동 특전으로 쓴 단편의, 반대 사이드 작품입니다.

개인적으로 다른 시리즈와의 크로스 오버 작품 같은 것을 꽤 좋아합니다만, 고생 많은 그의 활약을 또 볼 수 있을지는 스니커 편집부 여러분에게 물어봐 주십시오.

그리고 현재, 월간 코믹 얼라이브에서는 키아사 마사아키 선생님의 전투원 코미컬라이즈가 연재되고 있습니다.

이쪽도 흥미가 있으신 분은 꼭 읽어봐 주시길!

이렇게 2권이 발매될 수 있었던 것은 일러스트레이터이신 카카오 란탄 선생님을 비롯해 담당이신 I씨와 편집부 여러분, 그리고 관계자 여러분 덕분입니다. 정말 감사합니다.

그리고 물론 이 책을 읽어 주신 모든 독자 여러분도, 진심으로 감사합니다!

아카츠키 나츠메

2巻発売
おめでとう
ございます!!

今回は虎男さんという
中々濃いキャラが出て
きましたね!!

出番は多いけど
挿絵少なかった水のスケッチです。

이번에는 타이거맨이라고 해서,
개성이 참 강한 캐릭터가 나왔습니다…!

COMBATANTS WILL BE
DISPATCHED!

전투원,

일러스트 카카오 란탄
ILLUSTRATION
KAKAO LANTHANUM

아카츠키 나츠메
NATSUME AKATSUKI

파
건

합니다!

역자 후기

안녕하십니까. 근로청년 번역가 이승원입니다.

『전투원, 파견합니다!』 2권을 구매해 주셔서 진심으로 감사드립니다.

미소녀형 안드로이드, 앨리스가 활약하는 이번 2권은 어떠셨는지요.

앨리스가 활약했지만, 다른 히로인들이 너무 폭주하는 바람에 앨리스의 활약이 두각을 보이지 못한 느낌도 듭니다. -_-;

1권 말미의 히로인 모드는 어디 간 건지 다시 돈벌레 모드로 되돌아간 스노우, 노처녀에서 벗어나려고 남자들한테 마구 들이대는 그림, 그리고 6호를 잡아먹으려고(성적인 의미가 아니라) 하는 로제…… 앨리스가 밀릴 수밖에 없군요, AHAHA.

그래도 파트너 포지션답게 위기에 처한 6호를 멋지게 등장해서 구해 주는 앨리스는 정말 멋졌습니다.

앞으로도 6호의 파트너답게 멋진 딴죽과 어시스트를 보여줄 거라 믿어 의심치 않습니다!

그럼 이만 줄이겠습니다.

재미있는 작품을 맡겨주신 노블엔진 편집부 여러분, 감사드립니다. 앞으로도 잘 부탁드립니다.

요즘 외식이 어려워 고기 맛을 못 본 악우여. 조금만 기다려. 고기 사다가 우리 집에서 구워먹자고~.

마지막으로 제게 버팀목이 되어주시는 어머니와, 『전투원, 파견합니다!』를 읽어주신 모든 분께 진심으로 감사드립니다.

언데드 축제니까 그림이 메인일 줄 알았는데 의외의 메이드(성별은 비밀)가 더 파워풀하게 느껴지는(⌒⌒) 『전투원, 파견합니다!』 3권 후기에서 다시 뵙겠습니다!

역자 이승원 올림

전투원, 파견합니다! 2

2021년 04월 20일 제1판 인쇄
2021년 05월 01일 제1판 발행

지음 아카츠키 나츠메 | **일러스트** 카카오 란탄

옮김 이승원

발행 영상출판미디어(주)
등록번호 제 2002-000003호
주소 21311 인천광역시 부평구 평천로 132 (청천동)
전화 032-505-2973(代) | FAX 032-505-2982

ISBN 979-11-6625-951-7
ISBN 979-11-6524-745-4 (세트)

SENTOIN, HAKEN SHIMASU Vol. 2
ⓒ2018 Natsume Akatsuki, Kakao · Lanthanum
First published in Japan in 2018 by KADOKAWA CORPORATION, Tokyo.
Korean translation rights arranged with KADOKAWA CORPORATION, Tokyo.

구매 시 파손된 도서는 구매처에서 교환하실 수 있습니다.
기타 불편사항, 문의사항이 있으신 독자님께서는 노블엔진 홈페이지
[http://novelengine.com] 에서 Q&A 게시판을 이용해 주시기 바랍니다.

 노블엔진(NOVEL ENGINE)은 영상출판미디어(주)의 라이트노벨 및 관련서적 브랜드입니다.

소꿉친구가 절대로 지지 않는 러브 코미디
1~2

카치 시로쿠사. 현역 여고생 미소녀 작가, 그리고 내 첫사랑. 남들 앞에서는 접근하기 힘든 오라를 내는 그 아이도, 내 앞에서는 웃는 얼굴로 이야기해 준다! 이거 가능성이 있지 않아!?

그런데 그 시로쿠사에게 남자친구가 생겼다고 한다……. 그리고 실의에 빠진 나에게, 내가 고백을 거부한 소꿉친구 **시다 쿠로하**가 속삭이는데──.

그렇게 괴롭다면 복수를 하자.
최고의 복수를 해주자.

**첫사랑과 첫사랑, 복수와 복수가 얽히는
신종 러브 코미디, 등장!**

애니메이션 방영작

©Shuichi Nimaru 2019
Illustration : Ui Shigure
KADOKAWA CORPORATION

니마루 슈이치 지음 | **시구레 우이** 일러스트 | 2021년 5월 제2권 출간
청춘의 상상, 시동을 걸어라!

현실주의 용사의 왕국 재건기

1~10

◆

애니메이션 방영 예정작

"오오, 용사여!"

그런 정해진 프레이즈와 함께 이세계로 소환된 소마 카즈야의 모험은── 시작되지 않았다! 자신의 부국강병책을 국왕에게 진언한 소마는 어찌된 영문인지 왕위를 물려받고, 국왕의 딸이 약혼자가 되는데……?!

나라를 바로잡기 위해 소마는 자신에게 없는 지식, 기술, 재능을 지닌 자의 모집을 개시한다. 왕이 된 소마의 앞에 모인 인재 다섯 명. 과연 그들은 어떠한 각양각색의 재능을 지녔을 것인가……?!

이세계 소환×개혁= 세계를 바꾸는 이야기! 시리즈 절찬 출간 중!!

도조마루 지음 | 후유유키 일러스트 | 2021년 5월 제 10권 출간
청춘의 상상, 시동을 걸어라!